旅伴文库·锦囊旧书

聂震宁 / 总主编

刘硕良 / 主编

心

こころ

[日本] 夏目漱石——著

周炎辉——译

漓江出版社

图书在版编目 (CIP) 数据

心 / （日）夏目漱石著；周炎辉译 . —桂林：漓江出版社，2019.6
（旅伴文库 · 锦囊旧书）
ISBN 978-7-5407-8536-9

Ⅰ . ①心… Ⅱ . ①夏… ②周… Ⅲ . ①长篇小说—日本—近代
Ⅳ . ① I313.44

中国版本图书馆 CIP 数据核字 (2018) 第 232670 号

XIN
心
［日本］夏目漱石　著
周炎辉　译

出版人：刘迪才
出品人：张谦
责任编辑：张谦
助理编辑：刘红果
书籍设计：石绍康
责任监印：张璐

漓江出版社有限公司出版发行
广西桂林市南环路 22 号　邮编：541002
发行电话：010-85893190　0773-2583322
传真：010-85890870-814　0773-2582200
邮购热线：0773-2583322
电子信箱：ljcbs@163.com
网址：http://www.lijiangbook.com
印制：三河市中晟雅豪印务有限公司
［河北省三河市泃阳镇错桥村　邮编：065402］
开本：880mm × 1100mm　1/32
印张：11.25　字数：159 千字　插页：16
版次：2019 年 6 月第 1 版　印次：2019 年 6 月第 1 次印刷
书号：ISBN 978-7-5407-8536-9
定价：45.00 元

《旅伴文库·锦囊旧书》出版说明

《旅伴文库·锦囊旧书》，从改革开放初期的80年代，即漓江出版社初创阶段，广西最早走向全国的畅销外国文学名著中遴选书目，旨在重温党的十一届三中全会开创的改革开放新时期的光辉岁月。选题视野开阔，经典意义鲜明，且多属市场稀缺之作，在全国以至海外产生过很大影响，至今仍在市场上具有竞争力。

漓江出版社是改革开放的产物，又是改革开放的见证者、促进者、服务者。在不断深化改革开放的新时代，出版这样一套经典文集，既是对漓江优秀传统出版物的一次有效梳理，更是对改革开放成果的纪念性回顾。

宝物压舱，好货沉底。书虽曰旧，读之弥新。此番重印，装帧设计统一，内文略有校正，并在可能条件下增入译者附言，或相关资料、图片，以期焕发更多新的光彩，为更多的后来读者服务。

在此谨向诸位译著者致以深切的谢意，对业已离世的先贤哲友表示深深的怀念！

刘硕良

[日本]夏目漱石

(1867—1916)

日本近代文坛巨匠，兼具和、汉、洋三方面的文学素养，被称为日本的“国民大作家”。

译者周炎辉（1935—2009）

学者，教授，翻译家。湖南湘乡人。毕业于北京大学东方语言学系日语专业。1986 年 2 月至 1990 年 3 月任日本国立筑波大学客座教授。曾主编高校日语教材三卷，发行逾 300 万册。

《心》，周炎辉 / 译
漓江出版社 1983 年 10 月版
首印 78500 册　书号 10256 · 68
责任编辑：刘硕良　装帧插图：翁文忠

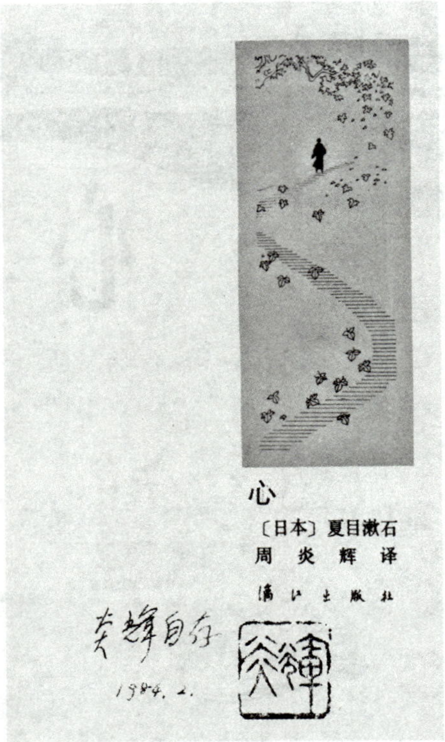
心

〔日本〕夏目漱石

周 炎 辉 译

漓江出版社

炎辉自存

1984. 2.

1983 年 10 月版内封

目　录 / Contents

译本序言

夏目漱石在二十世纪初的日本文坛上，是一颗灿烂的明星。讨论日本近代文学，都必然要提到他的名字，都必然要列举他的作品；任何人撰写日本近代文学史，都不能不为他，或为他与森鸥外 (1862—1922) 另辟一个章节。他的《我是猫》《哥儿》《心》等，都是脍炙人口之作，在日本可以说是妇孺皆知的丰碑。他的作品影响深远，出自他门下的许多优秀作家，如芥川龙之介 (1892—1927)、寺田寅彦 (1878—1935)、久米正雄 (1891—1952) 等，无不焕发出异彩。

夏目漱石生于明治维新的前一年，即 1867 年，殁于 1916 年 (大正五年)。可以说他的一生是在整个明治时代和大正初期度过的，他经历了日本资本主义上升并迅速走向对外扩张的时期。

明治维新是一场自上而下的不彻底的资产阶级革命，也许只能说是一场改革。但这场改革为日本资本主义的发展扫清了道路，使日本的历史前进了一大步。明治初期，新政权提出了“富国强兵”“殖产兴业”“文明开化”三大政策，努力效法西方先进的资本主义国家，扶植、鼓励资本主义的发展。此时资产阶级处于上升时期，充满了进取精神。但是，这场改革毕竟是由天皇制国家自上而下地进行的，因而残存了浓厚的封建色彩。最突出的是近代天皇制及其军国主义的发展，昔日的封建领主武士成了资本家，成了“华族”，有的成了高级官僚，后来又形成垄断资本集团。所以日本资本主义形成伊始就带有封建性、军事性，很快就走向垄断。他们自己还没有完全摆脱对别国的从属地位，就开始走上向外扩张的道路，于 1894 年发动了中日甲午战争，1904 年发动了日俄战争。

明治初期兴起的“自由民权”运动，是由有资产阶级民主革命思想的知识分子，不当权的地主资产阶级分子为首发动的，他们主张“民定宪法”，宣传“主权在民”，鼓吹个性解放等。但这个运动不久就被镇压下去了。封建领主武士的道德不但没有彻底清算，反而在新政权下以另一种形式得到发展，资产阶级民主思想受到压抑，许多知识分子感到苦闷。

日本近代文学经过明治初期的启蒙，曲曲折折地，经过浪漫主义时期，到明治三十年代(1897—1906)下半期兴起自然主义文学运动，近代文学才真正确立起来。受左拉文艺思想影响的作家们想追求个人的独立和自由，但却碰到时代的森严壁垒；他们想正视现实本身，但后来却落入了肤浅的写实主义。

夏目漱石就是在这样一种历史条件下从事他的写作活动的。他是一个才气横溢的作家，兼有和(日本)、汉(中国)、洋(西方)三方面的文化素养。1905年1月，他在《杜鹃》杂志上发表了《我是猫》的第一节，引起了极大的反响，从而确立了他的作家地位。接着，他在续完《我是猫》的同时，创作了《薤露行》《伦敦塔》(1905)、《哥儿》《旅宿》(1906)、《疾风》(1907)等作品，成了一个蜚声文坛的大作家。后来他辞去原来担任的教职，专门从事写作，相继发表了《虞美人草》(1907)、《十夜梦》(1908)和三部曲《三四郎》(1908)、《从那以后》(1909)、《门》(1910)。

逝世前三年又写了《心》(1914)、《道草》(1915)、《明暗》(1916，未完)等。

夏目漱石不赞成当时一般的自然主义作家那种肤浅的写实，他以严肃的态度对待社会现实，他愤世嫉俗，看重伦理观念。对于社会上的丑恶、庸俗、虚伪，他或嬉笑怒骂，或正面呵叱。他追求理想的美的世界，用锋利的笔解剖人们心灵中的利己主义。但在当时日本社会那种历史条件下，他不可能找到出路，而终于陷入了悲观厌世。

在《我是猫》里，漱石以“猫”为主人公，通过“猫”的眼睛来观察人类社会。他用幽默的笔触，讽刺了现实社会的庸俗和丑态。在《哥儿》里，他写了一个正直憨厚的青年与社会上一些虚伪、狡黠的人的冲突。这是风格完全不同的两部作品。前者用相声般的语言来谈论严肃的社会问题；后者则自始至终是一种严肃认真的态度，唯其过于认真，甚至显得有些滑稽。但无论是哪一部，都是从正面批判现实社会的。他同时期发表的《旅宿》《伦敦塔》等则是逃避正面冲突的作品。

漱石后来的作品深入人的内心世界，着力于对个人主义伦理思想的探索。在《从那以后》里，描写了主人公代助对旧道德的反抗；在《心》里，漱石探索了伦理思想中的所谓罪恶意识。

《心》由三部分组成。第一部分题名“先生和我”，通过一个青年学生的观察，来描写作品主人公“先生”的言行和内心。第二部分题名“双亲和我”，通过对青年学生父亲的病的描写，来衬托和对照“先生”。第三部分题名“先生和遗书”，这是作品的中核。通过“先生”在遗书中的自叙，剖析了一颗心灵。

“先生”原是一个单纯、幼稚的青年学生，对于社会上的丑恶、奸狡一无所知。双亲死后，受到了叔父的欺骗，被吞没了家财。从此，他怀疑社会上的一切人，对任何人都不再相信。但他在东京求学期间，却爱上了房东的女儿。可是由于他不相信任何人，便怀疑房东太太对他的好意也是和他叔父一样别有用心，因而迟迟不敢表白自己的爱情。正在彷徨的时候，他为了帮助一个背逆了家庭的同学 K，把 K 带到了这家来同住。不料 K 也爱上房东的女儿，并向他吐露了自己的想法。“先生”在震惊之余，抢先向房东家求婚，使得本来就已经厌世了的 K 自杀。他虽然用

“计谋”夺得了情场上的胜利，却背上了负罪感的十字架。从此憎恨一切人，也憎恨自己，最后不得不以自杀来求得解脱。

这部小说并没有描写广阔的生活图景，也没有写什么重大的事件，但却通过一出恋爱悲剧，提出了一个严肃的问题，即资产阶级的道德问题。夏目漱石于1911年在大阪做了一次“文艺与道德”的讲演。在这个讲演中，他认为：明治维新前的道德，是封建社会产生的一种理想形态的，完全、模范的忠臣孝子理念。这种道德是由上面灌输的，也是强制性的。但是在明治维新后渐渐衰微了。他说：“往昔仰慕的理想已被看作偶像，取而代之的是开始以事实为基础从中创造道德，以至今日。”也就是说，那时已是探索代替儒教道德的新道德的时代，这种探索要以既有善又有恶的人性为基础。资产阶级个人主义的新道德观是必然要与封建道德，或与明治时代那种封建资本主义的道德发生冲突的，夏目漱石在《从那以后》描写了这种冲突。作品中主人公代助的父亲是一个参加过维新战争的武士后裔，维新后成了小资本家。这个武士与资本家的混血儿口口声声说要“为了国家”，实际上却是一个自私自利的伪君子。代助对这个父亲充满了蔑视、憎恶的感情，他用什么事也不干来进行消极对抗。但是夏目漱石认为“人性”中既有善又有恶，到了关键时刻，好人会突然变成坏人，在《心》这部作品中，他就做了这样的描写。“先生”的父母死后，开头他的叔父对他十分热情，但当他拒绝娶叔父的女儿以后，他叔父立即换了另一副面孔，成了施展狡计，侵吞财产的坏人。“先生”自己是“狡计”的受害者，但在关键时刻又用“狡计”去对付自己的朋友，最后不得不用自杀去求得道德上的“解脱”。

夏目漱石是一个严肃的作家，他正视社会现实，认真细致地去剖析“心”，但由于历史的局限，他不可能找到正确的出路。他苦闷，彷徨，甚至厌世，除了让他作品中的人物“自杀”，没有别的出路。我们今天来读《心》，要以历史唯物主义的眼光来进行分析。资产阶级个人主义，在资产阶级上升时期，在对封建制度和封建思想的扫荡中，是有进步意义的。但随着资本主义走向垄断阶段，资产阶级的思想道德也日趋堕落、腐朽。所谓利己主义，所谓“人性中的恶”，绝不是人性中固有的，它是阶级社会的产物，是剥削阶级的污秽。在我们建设社会主义精神文明的今天，回过头来看看过去的文学作品，是会得到一定的启迪的。

在写作技巧方面，《心》这部作品也有许多值得研究、品味的地方。夏目漱石笔下的“先生”绝不是一个脸谱化了的人，而是一个有血有肉的活人。“先生”受了叔父的欺骗，不相信任何人，但他却爱上了房东太太的女儿，并且相信她。这明显的是一个矛盾，但它来自生活的现实。人的内心是复杂的，不是可以简单地公式化得了的。“先生”同房东女儿之间，同房东太太之间，同好友K之间，是由各种各样的感情络合着的：有爱情，有嫉妒，有信任，有悔恨，有热情，有冷漠……“先生”的内心里不断地有波澜，有风暴，有伦理与现实的冲突，有善与恶的搏斗，有爱与恨的挣扎。K违背了养父母的意旨，被断绝了学费来源。“先生”因为曾支持过他按自己的意志行事，觉得此时有帮助他的道义责任，就想方设法把他拉来与自己同住。为了温暖K那颗冰冷的心，他恳求房东太太和小姐多接近他，用女性的温柔去溶化他心头的冰块。但这种道义的力量是十分脆弱的，而且实际上是附有条件的，一旦发现小姐有时单独与K谈话，他就萌发了嫉妒之念。K自杀后，“先生”背上了沉重的负罪感的十字架，受到了道德心的鞭责，他这种“生”，比死还要痛苦。他没有勇气向妻子忏悔，他说：“假如我用对待亡友的那种善良的心肠，在妻子面前忏悔自己的过去，她一定会噙着悲喜的泪花宽恕我的罪恶的……我只是不忍心在妻子的记忆中留下一个阴影才没向她表明。”他想死但又可怜妻子，就“像是为了妻子拖着这条生命活在这个世界上”。但到了最后他还是选择了一条对他自己来说是最轻松的道路——死。乃木大将的殉死，虽然并不能说是他死的诱因，但的确使他想了一个问题：“对于这样的人来说，是活在世上的三十五年痛苦呢，还是举刀剖腹的那一刹那痛苦呢？”总之，对于明治时代那个知识分子在道德上的苦闷与挣扎，小说把它写得柔肠百转，凄哀缠绵，对于代表着明治时代的道德观的“心”，解剖得细致入微，刀刀触及神经。

夏目漱石的小说不仅对日本近代文学有着深远的影响，对于我国也有影响。我国从1929年起，就不断有人翻译他的作品，鲁迅先生也译介过他的作品。

译者在北京大学东语系日语专业求学期间就爱读夏目漱石的作品。1957 年在北京大学教授徐祖正先生指导下，准备撰写毕业论文《关于夏目漱石的〈我是猫〉》(此事记载在日文版《人民中国》杂志 1957 年 5 月号拙文《我们学习日语》上)，但因为客观原因没有完成。时隔二十五年，徐先生早已作古，我当时收集的资料也多已散失，现在来写这篇文章，反觉气力不加了。

《心》这部作品，新中国成立前就有人译过(古丁译，东光书苑，1940 年)，但我始终没有找到这个译本。这次在漓江出版社的热情支持下，我又把它译了出来，贡献给我国读者。译者相信，这对于全面研究夏目文学，对于研究日本近代文学，不无小助。是为序。

周炎辉
1982 年 4 月于湖南大学
日语教研室

上　先生和我

一

我以前总是叫他先生，所以在这里我也只称先生，而隐其真名。这倒不是出于对社会的忌惮，而是那种叫法对我来说更加自然。每当我回忆起他的时候，立刻就想叫一声“先生”。提起笔来心情也是一样，无论如何也不想冠上那种有见外感觉的姓氏。

我结识先生是在镰仓。那时我还是一个不谙世事的年轻书生。我收到一位利用暑假去洗海水浴的同学的明信片，要我一定去。所以我张罗了一点钱，就决定动身。我张罗费用花了两三天的时间，可是到了镰仓还不到三天工夫，那位把我叫去的同学突然收到老家打来的电报，要他回去。电报上说他母亲病了，但那位同学不相信。同学的在老家的父母很早就一直强要他答应一门不称心的亲事。按现在的习惯来说，他就结婚未免年纪太轻，而且最主要的是对方不中他的意。因此，暑假本当回去的，他却故意回避，在东京附近闲逛。他把电报给我看，同我商量怎么办。我不知该如何是好。但如果他母亲真的病了，他当然还是应该回去。于是，他终于决定回老家，特地赶来的我，却一个人给丢下了。

离学校开学还有不少日子，当时我的境况是待在镰仓也行，回去也行。我决定暂时还是住在原来的客店里。我的同学是中国地方一位有钱人家的儿子，花钱不用发愁，但毕竟还是个学生，年纪也毕竟不大，生活水平和我也差不太多。所以尽管我已是只身一人，也没有另找便宜客店的麻烦。

我住的客店在镰仓也算是一个很偏僻的角落。打弹子啦吃冰淇淋啦这类洋玩意儿，要走完一条很长的田间小道才能得到，坐车还得花两毛钱。但是附近盖了不少私人别墅，而且从这儿去海边很近，所以洗海水澡这儿可真是个极方便的地方。

我每天都去海边洗澡。走过一排熏得乌黑的旧草房走下海滩，沙滩上人头攒动，都是来避暑的男女，真叫人难以相信这一带竟住着这么多的城里人。有时海水中只见一片黑压压的人头，像个澡堂似的。这中间一个熟人也没有的我，也被裹在这喧嚣中，一会儿匍匐在沙滩上观看，一会儿让海浪拍打着膝头在海水中来回跑跳，觉得非常快活。

我就是在这嘈杂的人群中发现先生的。那时海边上有两间临时茶馆，由于偶然的机缘，我习惯去其中的一间。来这里避暑的游客跟在长谷一带盖有大别墅的人们不一样，没有自己专用的更衣场所，因此就非常需要有这样的公共更衣场所了。他们除了在这里喝喝茶，休息休息之外，还叫这里洗游泳衣，在这里洗净身上的咸味，或者寄存帽子、伞等等东西。就是我这个没有游泳衣的人也怕东西被偷，每次下海都把一切衣物脱在这家茶馆里。

二

我在那个茶馆里见到先生的时候，先生正好脱了衣服就要到海里去。那时我刚好相反，让海风吹拂着湿淋淋的身子正从水里上来。两人中间有许多遮挡视线的黑脑袋在动。要是没有特别的情况，也许我那时就注意不到先生了。尽管当时海边是那样混杂，我的思想是那样散漫，我还是立刻就发现了先生，因为先生带着一个洋人。

那个洋人的特别白皙的肤色，一进茶馆就立刻吸引了我的注意力。他把穿过的地道日本浴衣朝折叠凳上一扔，就抱着双臂朝海站着。他身上除了一条跟我们一样的裤衩外，什么也没穿。这使我特别觉得奇怪。两天前我曾到由井海滨坐在沙滩上长久地瞧过西洋人洗海水澡的情景。我坐的地方是一个稍高的土丘，旁边就是旅馆的后门，在我坐着瞧的时间里，许多男人都出来洗澡了，他们的上身，胳膊和大腿都没有露在外边。女人们更是把肉体遮严了。一般都是头戴橡皮帽，深咖啡色的、藏青色的、深蓝色的帽子在海浪中浮动。在刚看过这种情景的我的眼里，这个只穿了一条裤衩毫不在乎地站在大家面前的洋人就显得十分出奇了。

过了一会儿他回头望了一下自己的身边，跟一个弯着腰在那里的日本人说了几句话。那个日本人正在捡掉在地上的毛巾，捡起后往头上一包，就朝海边走去了。这个人就是先生。

我只是出于好奇心，盯望着并排走下海滩的两个人的背影。他们径直踏入海浪中，穿过近海浅水处喧闹的人群，来到比较开阔的地方，游了起来。他们一直朝海里游去，直到快要看不见脑袋。然后又返回来，径直回到海滩边上。回到茶馆也不用井水冲洗，马上擦干身子穿上衣服急匆匆地走了。

他们走后，我还是坐在原来的折叠凳上抽着烟。这时我愣愣地想着先生，直觉得好像在哪儿见到过，但到底也想不起来是什么时候在什么地方见过。

我那时候与其说是无所用心，不如说是百无聊赖。于是第二天我又估摸着能碰到先生的时间，特地来到了茶馆。这一天洋人没来，先生一个人戴着草帽来了。先生取下眼镜放在台子上，马上用毛巾包了头就匆匆走下海滩去了。先生跟昨天一样穿过嬉闹的游泳人群，一个人游了起来。这时我突然想跟上去看看。我在浅水中跑着，把水溅得跳过头顶，等来到相当深处，就用爬泳朝着先生游过去。谁知先生跟昨天不同，游了一条弧线，从一个与昨天不同的方向朝海岸边游回去了。我的目的终于没有达到。等我上了岸甩着手上的水珠走进茶馆时，先生已经穿好衣服同我交臂而过地走了出去。

三

次日我又在同一时间，去海边见了先生。再次日又是这样。但是两人之间既没有搭讪的机会，也没有问候的机会。而且先生的样子看来不善交际，他在一定的时间飘然而来又飘然而去，不管周围多么热闹，他好像都毫不注意。最初和他一起来的洋人此后就再也没见到过影子。先生总是独自一人。

有一次，先生和往常一样匆匆从海里上来，拿起脱在老地方的浴衣要穿，不知怎么的，浴衣上沾满了泥沙。先生转过身去把浴衣抖了几下，想把泥沙抖掉。哪知放在衣服下面的眼镜从板缝中掉下去了。先生在白地黑花的衣服上系上腰带后，看来发觉眼镜不见了，急忙四下里找起来。我赶忙钻到凳子底下捡起眼镜。先生说了声谢谢，从我手中接了过去。

第二天我跟在先生的后面下了海，和先生朝一个方向游去。游了二百来米，到了深海处，先生回过头来跟我说了话。在这浩瀚蔚蓝的海面上漂浮着的，这附近只有我们两人。强烈的阳光照耀着极目所及的水域和山峰，我舒展开充满了自由和欢乐的躯体，在海中又蹦又跳。先生倏然停止了手脚的运动，仰面朝天地躺在波浪上。我也跟着他这样躺着。爽朗的天空向我投来一片湛蓝，令人目眩。我大声喊着："真愉快呀！"

过了一会，先生在水里换了个要起来的姿势，催促我说："该回去了吧。"身体比较强壮的我真想在水里再玩一会儿。但是先生提议回去时，我马上爽快地回答道："好的，回去吧。"于是两人又沿原来的路线回到了海滩上。

打这以后，我和先生就亲密起来了。但还不知道先生住在何处。

这以后中间隔了两天，大概正好是第三天的下午。我在茶馆遇到先生时，先生突然向我问道："你，还打算在这儿待很久吗？"我还没有想过，对于回答这样的问题没有一点思想准备，因此就回答说："还没准儿。"可是看到先生的满脸笑容，我突然觉得不好意思起来，不由得反问道："先生呢？"这就是我叫先生的开端。

这天晚上我拜访了先生住的客店。说是客店，但跟一般的旅店又不同，是盖在寺庙大院里的一所别墅一般的建筑物。我得知住在那里的人不是先生家里人。因为我老是先生长先生短地叫，他露出了苦笑。我辩白说这是我对长者的习惯叫法。我问起前次那个洋人的情况。先生跟我讲了他的与众不同之处，并说他现在已经不在镰仓了等，最后他又说他自己跟日本人都不太有交往，竟会跟那个外国人接近起来，真是不可思议。我最后对先生说，我觉得在什么地方见过先生，但怎么也想不起来了。年轻的我当时暗自猜想，说不定人家也有跟我一样的感觉呢。我心里期待着先生的回答和自己的预料一样。可是先生沉吟了半晌后说道："我好像不记得见到过你，是不是你记错了人？"我感到一种说不出来的失望。

四

月底我回到了东京，先生离开避暑地还要更早一些。和先生分别时我问他："以后我可以常常去您府上拜访吗？”先生只是简单地说了声：“嗯，来吧。”那时候我以为自己跟先生的关系已相当密切了，满心期望先生的回答会更热情些。这个不够热情的回答有点损伤我的自信。

碰到这样的事情，先生常常使我失望。先生像是注意到了这一点，又好像一点也没注意到。我尽管一次又一次地感到微微的失望，但并不因此想疏远先生。相反，每当我感到心神不安时，倒更想往前进一步。我觉得只要往前再进一步，我总会如愿以偿。我很年轻，但并不想对所有人都这样倾注满腔热血。我不知道为什么只对先生产生这样的心情，直到先生去世后的今日，我才明白了。先生从一开始就并不讨厌我，他平素对待我的那些冷漠的招呼或看起来冷淡的举动，并不是想要疏远我的不愉快的表现，而是可悲的先生向想要跟他接近的人发出的警告，告诫他人说，他是一个不值得接近的人，不要接近他。不接受别人亲近的先生是一个在看不起别人之前先看不起自己的人。

我当然是抱着拜访先生的打算回到东京的。回来后到开学还有两个星期的时间，所以想在这期间先去拜访一次。可是回来后过了两三天，在镰仓时的热情就渐渐消退了。五光十色的大城市里的空气，伴随着记忆恢复而来的强烈的刺激，把我的心醺醉了。每当我在街上看到一张张学生的面孔，都感受到了对新学年的希望和紧张。我暂时把先生忘了。

开学后一个月左右，我的心情又松懈了下来。我感到有一种不满足，开始到街上闲逛起来，像要寻找什么似的眼光在自己的室内搜寻。我的脑海里浮现出先生的面庞，我又很想见他了。

我第一次去的时候，先生不在家，记得第二次去是在下一个星期天。那一天风和日丽，晴空清爽得沁人心脾。先生又不在家。在镰仓时，我听先生亲口说过，他一般总是在家的，还听说他不喜欢出门。可是我两次来都没见到他，想起他说过的话，心里涌起了一股莫名其妙的不满。我没有马上从门口离去，望着女用人，站在那儿犹豫了一阵。女用人记得她上次给我递过名片，她让我等着就又进去了。于是另外出来了一个人，好像是夫人，是一位很漂亮的夫人。

她彬彬有礼地告诉了我先生去的地方。她说先生每个月的这一天，照例都要去给杂司谷墓地的一位故人供花。“他刚刚出去，不到十分钟。”夫人惋惜地说。我告辞出来，朝热闹的街上走了百十来米，忽然也想散散步顺便到杂司谷去看看，这也是由于可能会碰上先生的好奇心的驱使，于是我又掉转了方向。

五

我从墓地前面的苗圃左边拐进去，通过两边种着枫树的大道一直往里走。忽然从前面路头的茶店里走出来一个人，像是先生。我朝他跟前走去，直到能看见他的眼镜边在阳光中闪闪发亮，然后突然高叫了一声：“先生！”先生突然站住，看着我。

“为什么……为什么……”

先生反复说了两遍，他的话在这宁静的白日里带着一种异样的声调重复着，我一下子无话可答了。

“你是跟在我后头来的吗？为什么……”

先生的态度倒很安详，声音也很平静。但在他的神情里有一丝难以捉摸的阴影。

我对先生说了我为什么来这里。

“我妻子跟你说了我是来扫谁的墓吗？她说这个人的名字了吗？”

“没有，这一层什么也没说。”

“噢，是的，她不会跟你这个第一次见面的人说的。也没有必要说。”

先生好像终于弄明白了，可我一点也不明白这是什么意思。

先生和我穿过坟墓之间往路上走去。墓碑上刻着“依撒伯拉某某之墓”“神仆罗金之墓”等，旁边还竖着墓碑，上面写着“一切众生悉有佛性”。还有的墓碑上刻着全权公使某某之墓。我在一座刻着“Andrew”字样的小坟墓前面问先生道：“这怎么念？”先生苦笑了一下说：“我想是念‘安得烈’吧。”

对于这些风格各异的墓碑式样，先生似乎并不像我这样感到既滑稽又可笑。我指着圆圆的墓石、长长的花岗石碑等不断地想说这道那的，先生开头只是默默地听着，最后他说：“你还没有认真地考虑过死吧？”我沉默了。先生也再不说什么了。

在墓地的边界上长着一棵遮天蔽日的大银杏树。来到树下，先生抬头望着高高的树梢说：“再过些时候，可好看哪。树上的叶子全都变黄，这一带地面都会让金黄色的树叶铺满了。”先生每月都要从这树下经过一次。

对面有人在平整地面开辟新墓地，他放下手中的锹望着我们。我们从那儿向左一拐立刻就到了街上。

从墓地出来后，我本漫无目标，就跟着先生走起来。先生比平常话更少，但是我并不感觉到很拘束，跟着先生信步走去。

“您就回家吗？”

“是的，没什么别的地方要去。”

两个人又默默地向南下了坡。

“先生，您家的墓地是在那儿吗？”我又问道。

“不是。”

“那儿有谁的墓？是您的亲戚的吗？”

“不是。”

先生除此以外什么也不回答，我也就此把这个话头收住。可是走了一百多米，先生突然又回到了刚才的话题。

“那儿有我的朋友的墓。”

“您每个月都去扫您朋友的墓吗？”

“是的。”

那天先生再没有说别的。

六

从那以后我时常去拜访先生，每次去他都在家。随着见面次数的增加，我越来越频繁地出入先生的家门了。

但是先生对我的态度无论是开始打招呼的时候还是关系密切以后，都没有什么改变。先生总是很持重，有时过于持重了，甚至叫人感到冷漠。我一开始就觉得先生有一种难以接近的怪异。尽管如此，却有一种非去接近他不可的冲动强烈地驱使着我。在许多的人中间，也许只有我才会对先生有这样感情。但是也只有我才有的这种直觉后来为事实所证明，因此尽管别人说我年轻幼稚，取笑我是傻瓜，我也为自己的直觉能够洞察这一点感到既放心又高兴。能够爱别人、不能不爱别人，可又不能够张开双臂去拥抱想要投入自己怀抱的人的人，这就是先生。

我说过先生始终是很持重的，也很沉静。但是有时他脸上也会掠过一片奇怪的阴云，就像投在窗户上的飞鸟的黑影一样。虽然刚一投上，马上又消失了。我第一次在先生的眉宇间发现这阴影，是在杂司谷的墓地里我突然叫他的时候。在这不平常的一刹那，我那一直是欢快地流动着的心潮突然阻滞了一下。但这只不过是一时的滞留而已，不到五分钟我的心又恢复了平时的活力。我立即忘记了那阴云的影子。直到十月小阳春快要结束的一天晚上，我才偶然又想了起来。

那一天我正和先生说着话，忽然眼前浮现起先生特意提醒过我注意的银杏树来。我算了一下，先生每个月都要去扫墓的日子正好是从那一天算起的第三天。这第三天我的课比较轻松，到中午就完了。我对先生说道：

“先生，杂司谷的银杏树叶子大概都掉了吧？”

“还没有全部掉光吧。”

先生一边回答一边望着我，好久没有把目光移开。我赶快说道：

“您下次去扫墓时我陪您去好吗？我很想跟先生一起到那儿去散散步。”

“我是去扫墓，可不是去散步。”

“不过，顺便去散散步不是正好吗？”

先生没有答话。过了一会儿他说道：“我可是正经儿只是去扫墓。”好像非要把扫墓和散步区别开来不可。也许这是不想和我去的借口吧，在我看来先生那时简直像个小孩子，很怪。我更想知道个究竟了。

“那么扫墓也行，您带我一起去吧。我也去扫墓。”

其实我觉得把扫墓和散步区别开是毫无意义的。于是先生皱了皱眉，眼睛里也露出了异样的神色。这像是一种难以用为难、讨厌、恐惧来解释的忐忑。我立刻就想起了在杂司谷叫先生时的情景，两次的表情完全一样。

“我……”先生说，“因为有一个不便跟你讲的原因，我不愿意和别人一起去那儿扫墓。连我的妻子我都没带她去过。”

七

我觉得很奇怪。但我不是抱着研究先生的想法去先生家的。我只是听其自然地过去了。现在想起来，我那时的态度在我的生活中倒是值得珍惜的呢。由于这样我和先生才能肝胆相照。假如当时我的好奇心哪怕是一丝一毫移向研究先生的心理，那么联系我们两人之间的一丝同情就会被毫不留情地切断。幼稚的我一点也没有意识到自己的态度。也许正因为如此才更加可贵吧，如果误入禁地，两个人的关系将会出现什么样的结果呢？想象一下我都觉得不寒而栗。尽管还不是这样，先生就已经时刻都在担心，生怕别人冷眼探索他了。

渐渐地我每个月必定要去两三次先生家。就在我往先生家跑得越来越勤以后的一天，先生突然问我：

"你为什么这样常到我这样的人家里来呢？"

"为什么吗？我没有什么特别的用意。是不是我打扰了您呢？”

“打扰倒说不上打扰。”

先生的样子看上去并不像是我给他添了麻烦。我知道先生的交游面极其狭窄，还知道那时先生在东京的老同学几乎只有两三个人。偶尔我在先生家客厅里也碰上过几个跟他同乡的学生，但他们跟先生的关系看来都不如我这么亲密。

“我是个孤独的人，”先生说，“所以你来我觉得很高兴。所以我才问你为什么时常来。”

“这又为什么呢？”

我这样反问时，先生没有回答，只是望着我的脸问我：“你多大岁数了？”

这一问一答对我来说丝毫不得要领，但我当时并没有追问下去，就回去了。过后不到四天我又去先生家，他一走进客厅就笑着说：

“你又来啦。”

“又来了。”我自己也笑了。

要是别人这么说我，我肯定会不高兴。但是先生说我却正好相反，我不但没有不高兴，反而感到很愉快。

“我是个孤独的人，”先生那天晚上又重复说起上次说过的话，“我是个孤独的人，但说不定你也很寂寞。我尽管孤独，但已上了年纪，不动也还行。你却还年轻，这样一定受不了。总想尽可能活动活动，总想同什么人打打交道吧？”

“我一点也不寂寞。”

“再没有比年轻的时候更感到寂寞的了。要不你为什么时常到我家里来呢？”

先生又重复起上次问过我的话来。

“你即使见到了我，心里大概还是觉得寂寞吧，因为我没有这个力量来为你从根本上去掉寂寞。你很快就会不得不把手伸向别处，很快就会不再到我这里来了。”

先生说着又孤寂地一笑。

八

幸亏先生的预言没有应验。当时毫无经验的我竟连这预言中包含着的很明白的意思都不懂。我依然常去见先生。一来二去不知不觉又在先生家里吃起饭来了，自然而然地也得跟夫人说话了。

跟一般人一样，我对女人并不是冷淡的。但是从我迄今为止的经历来看，我还年轻，几乎还没有同女人有过真正的交往。不知这算不算得上是原因，我的兴趣往往只在街上遇到的素不相识的女人身上。从前我在门口见到先生的夫人时，她给我的印象是很美。此后每次见到她时都不会没有这样的印象。但除此以外我觉得有关夫人的情况就没有什么好说的了。

这倒不是说夫人没有什么特点，也许说夫人的特点还没有显示的机会更恰当些。但是在我的心里，我都是把夫人看作属于先生的一部分。夫人好像也因为我是常来看望自己丈夫的一个学生，就对我好意相待。也就是说，如果把介于我们两人中间的先生去掉的话，两人就变得毫不相干了。所以对于刚认识的夫人，我仅仅觉得她很美，别的什么印象也没留下。

有一次在先生家里，先生让我喝酒。当时夫人来到旁边给我们斟酒。先生好像比平时高兴，把自己喝干了的酒杯递给夫人说："你也来干一杯。"夫人刚要推辞却又很为难似的接过酒杯。夫人皱了皱美丽的眉头，接过我给她斟的半杯酒，端到了嘴边。夫人和先生之间开始了这样的对话：

“真是少有的事，你平常可很少叫我喝酒呀。”

“因为你不喜欢呀，不过偶尔喝一点还是好的，觉得很舒服。”

“一点也不觉得，难受死了。可您喝点酒就好像很高兴。”

“有时是很高兴，不过不总是这样。”

“今天晚上觉得怎么样？”

“今天晚上觉得很痛快。”

“以后每天晚上稍微喝一点好了。”

“那不行。”

“还是喝吧，那样您就不觉得寂寞了。”

先生家里就夫妇两人和一个女用人。每次去，他家里总是静悄悄的，从未听到过高声谈笑。有时我觉得家里好像就先生和我两个人。

“有个孩子就好了。”夫人朝我说道。

“是啊。”我答道。可我的心里并没有同感。那时还从未有过孩子的我只觉得孩子很讨厌。

“给你领一个好吗？”先生说。

“领的孩子我可不要。你说对吗？”夫人又朝我说。

“孩子永远不会有的了。”先生说。

夫人没有作声。我问为什么，先生说：“这是老天的惩罚。”说着就大笑起来。

九

就我所知，先生和夫人可真是一对相亲相爱的夫妇。我没有作为他们家庭的一员跟他们一起生活过，当然不了解内部情况。但是先生和我一起坐在客厅时，遇到什么事情，先生有时不叫女用人，而叫夫人。夫人名静，先生总是回身朝槅扇那边喊：“喂，阿静！”那叫声我听起来充满柔情。应声走出来的夫人样子也是非常温顺。偶尔我在先生家吃饭，夫人也上席来坐的时候，两人之间的这种亲密关系就表现得更加明显了。

先生时常带着夫人去听音乐会看戏，另外在我的

先生和夫人

记忆中，夫妇两人一起出去做一星期的旅行，也有两三次以上。我现在还有先生从箱根寄给我的风景明信片，先生去日光时寄给我的信里还夹着一片红叶。

当时我所看到的先生和夫人的关系就是这样的。其中只有一次例外。一天，我跟往常一样来到先生家门口正要请人去通报，听到客厅里有人说话。仔细一听，这好像不是平常的说话，而像是发生了口角。先生家进门就是客厅，所以我站在格子门的前面，就大致听出口角的声音来。根据不时高亢起来的男人声音来看，其中一位就是先生。另一位的声音比先生的低，听不清到底是谁，但我总觉得像是夫人，好像还在哭。我心想这是怎么啦，在门口不知怎么办好，但很快就拿定了主意不再进去，回到了自己的住所。

一种异常不安的心情向我袭来，看书也看不进去。过了大约一小时，先生来到我的窗下叫我名字。我慌忙打开窗子，先生在下面，邀我去散步。我掏出刚裹在腰带里的表一看，已经过八点了。刚才回来后我的外裙还没脱，就这样立刻又出门去了。

那天晚上我和先生一起去喝了啤酒。先生本来就酒量不大，又不敢做那种喝到一定程度还不醉就喝他个一醉方休的冒险者。

“今天不行了。”先生苦笑着说。

“您心绪不佳吗？”我关切地问道。

我心里始终惦记着刚才的事，像骨鲠在喉一样地难受。我一时想跟先生挑明了，一时又想还是算了，这犹豫不决使我显得很心神不定。

“你今天晚上怎么啦？”先生开口说，“其实我自己也有点和平时不一样，你看出来了吗？”

我一句话也说不出来。

“说实话我刚才和妻子吵了一架，无谓地弄了个不痛快。”先生又说道。

“为什么……”

我没有说出“吵架”这个字眼。

“是我妻子错怪了我。可我说她是误会了她又不承认，结果我就发火了。”

“她怎么对先生产生了误会呢？”

先生不肯回答我。

“我要是真像我妻子想象的那样一个人，我也就不会觉得这么难受了。”

先生怎么个难受，这也是我所想象不出来的。

十

回来时两人默默地走着，默默地走了一程又一程。后来先生突然开口了：

“糟了，我生了气跑出来，妻子一定在为我担心。想起来，女人真是可怜，像我妻子，除了我就几乎无依无靠了。”

先生的话说到这儿停顿下来，但并不像是在等我的回答，马上又接着说下去了。

“这么一说，好像做丈夫的都是很坚强的了，这有点可笑。你说，在你的眼里我是个什么样的人呢？是个刚强的人，还是个软弱的人？”

“我看属于一般。”我回答说。这个回答似乎有些出乎他的意料，先生又闭住了嘴，默默地走起来。

到先生家顺路要经过我的住所附近，到了那里的拐角上我觉得就这样同先生分手有些不过意，就说：

“顺便我陪您到您家门口吧。”先生立刻就伸手把我拦住了。

“天不早了，你快回去吧。我也要快点回去，让妻子放心。”

先生最后加的“让妻子放心”这句话当时一下子感动了我。听了这话，我回去后得以安心地入寐了。此后很长一段时间，我都一直没有忘记这句话。

从这我也知道了先生和夫人之间发生的波澜并不是大不了的事。而且作为一个此后经常出入于先生家的人，我大体上能觉察到，发生波澜是很少有的事。不但如此，有一次先生甚至对我发表了这样的感想：

“我在这个世上只熟悉一个女人，除了妻子以外，别的女人都不会牵动我的情怀。我的妻子也把我当作是天下唯一的男人。从这个意义上说，我们应该是生来最幸福的一对了。”

我现在已记不起说这话时前后的经过情况了，所以说不清先生为什么要对我做这一番剖白。但是我至今还记得先生的态度很认真，语调很深沉。当时我听起来觉得奇怪的是最后这句话：“应该是生来最幸福的一对。”先生为什么不干脆说是幸福的人，而要声称应该是的呢？只有这一点我不明白。特别是我不明白先生在说这句话时那加重了的语气。先生真的幸福吗？还是尽管应该幸福而其实并不很幸福呢？我心里不得不怀疑起来。但这怀疑只出现刹那工夫，很快就烟消云散了。

后来我碰上了一次先生不在家只同夫人对面而谈的机会。那天先生的朋友要坐当天由横滨开出的轮船出国，先生到新桥送行去了。那时，到横滨坐船的人一般都要乘早上八点半的火车从新桥出发。我因为有一本书要请先生给我讲一讲，预先征得先生的同意，在约定的九点钟来了。先生去新桥，是出于对前一天特来告别的朋友的礼节，当天临时决定的。先生走时留下话说他很快就回来，我来他不在就要我等一等。所以我进了客厅，在等先生的时候，就跟夫人说起话来。

十一

那时我已经是大学生。同第一次来先生家时相比，真觉得已经是一个大人了。我和夫人也已经很熟悉，在她面前不感到任何拘束了。我们对面坐着谈了许多话。但那都是些毫无特色的家常话，现在完全忘记了。这中间只有一次还没从我的记忆中消失，但是在说它之前有件事要先交代一下。

先生是大学出身，这我早已知道。但是先生什么事情也不做，整天闲着，这是我回到东京后过了一阵才知道的，那时我就想先生为什么能闲着不做事呢?

先生是一个完全不为世人所知的人物，所以对于先生的学识和思想，除了和先生有密切关系的我，再也不会有其他人来表示敬意了。我常常为此感到惋惜。可先生只是回答道:“我这样的人去出头露面是不行的。”就不再搭腔了。听起来这回答有点过分谦虚，反倒像是在讥讽这个世道。实际上先生的确也时常对一些现在有了名气的他以前的同学，毫无顾忌地给过激烈的批评。所以我毫不客气地抓住他这个矛盾来试探一下。我的内心与其说是有反抗的意思，还不如说是为先生竟不能为世人所知而感到遗憾。当时先生用深沉的语气说道:“我无论如何是一个没有资格在社会上活动的人，所以没办法。”先生的脸上深深地印上了一种阴沉的颜色。我不知道这是失望、是不满，还是悲哀，但毫无疑问，这是一种强烈的表情，所以我再也没有勇气说什么了。

在我和夫人说话时，说着说着话题自然就转到了先生的这个问题上。

“先生为什么老那样只在家里想呀研究呀，不到外面去干点儿事情呢？”

“他呀不行，那种事情他讨厌。”

“就是说先生认识到那都是些毫无意义的事，是吗？”

“认识不认识，一个女人家，我是不懂的，不过大概不是那个意思吧。他还是想干些什么的。可是他不行，所以我觉得他很可怜。”

“但从先生的身体情况来看，不是好像并没有什么不好的地方吗？”

“他身体挺好，什么病也没有。”

“那为什么不能出去活动活动呢？”

“这个我不知道。要是知道了这是为什么，我也不用这么担心了。正因为不知道，所以觉得他太可怜了。”

夫人的语气是非常同情的，但嘴边还是带着微笑。从外表上看来，我倒反而很认真，沉着脸一声不吭。夫人忽然好像又想起了什么似的开口说道：

“他年轻的时候可不是这样的，年轻时简直判若两人。他是完全变了。”

“您说的年轻时候是什么时候呢？”我问道。

“学生时代。”

“您从学生时代起就认识先生了吗？”

夫人的脸上陡然飞起一片淡淡的红云。

十二

夫人是东京人，这我早就从先生以及夫人自己那儿听说了。夫人又说：“其实我只是半个东京人。”因为夫人的父亲是鸟取县或者别的什么地方的人，而母亲出生在那时还叫江户的东京的市谷，所以夫人半开玩笑地这么说。但是先生的老家完全在另一个地方，他是新潟县人。如果夫人从学生时代起就认识先生的话，很明显这不是由于同乡的关系。不过，羞红了脸的夫人好像不愿再深谈，我也就此作罢不再多问了。

从跟先生认识直到先生去世，在许多问题上我都了解过先生的思想和情操，但关于他结婚时的情况却几乎什么都听不到。我有时从好的方面来加以解释，认为先生已上了年纪了，在年轻人面前故意避而不谈自己的风流往事。但有时又从坏的方面去想，认为无论是先生也好，夫人也好，同我不一样，两人都是在上一个时代的旧风习里成长起来的，所以谈到这种风流韵事，就没有勇气坦率地公开自己的秘密了。当然，这都不过是我的猜想，而且在这两种猜想里我都假定在两人的婚事中有一段浓艳的浪漫史。

我的假定果然没错。但是我的想象只描绘出了恋爱的那一半，在先生的美满的爱情生活背后还隐藏着可怕的悲剧。这悲剧对先生来说有多么惨痛，连夫人都完全被瞒住了，至今仍然不知道。先生对夫人瞒着这个秘密死去了，他在破坏夫人的幸福之前，先毁掉了自己的生命。

关于这个悲剧我现在什么也不想说。关于他们两人的甚至可以说是为了这个悲剧而产生的爱情，就如刚才所说的那样。两人几乎都没有跟我谈过，夫人是出于谨慎，先生却还有比这更深一层的原因。

只有一件事留在我的记忆里。有一次是赏花季节，我和先生一起去上野，在那儿看到一对漂亮的情人。他们卿卿我我地依偎着在花下漫步。因为是在那样的公共场所，所以看他们的人倒比看花的人还多。

"好像是一对新婚夫妇。"先生说。

"好像很情投意合。"我答道。

先生连苦笑都没露一下，朝着看不到这一对情人的方向走去，然后问我道：

"你谈过恋爱吗？"

我回答说没有。

"不想恋爱吗？"

我没回答。

"不会不想的吧？"

"嗯。"

"你刚才看到那一男一女时嘲笑他们了吧。可是在这嘲笑中夹杂着你想寻求爱情但找不到对象的不愉快的声响。"

"您听起来是这样的吗？"

“听起来是这样。在爱情上得到了满足的人声音还要更温情些。但是……但是，恋爱是罪恶。你明白吗？”

我突然吃了一惊，什么也没回答。

十三

我们挤在人群中间，人们都带着高兴的神色。我们穿过人群，来到看不到花也看不到人的树林中，我才找到机会重提刚才的问题。

“恋爱是罪恶吗？”这时我突然问道。

“是罪恶，确实是的。”先生回答的语气同刚才一样强。

“为什么呢？”

“你很快就会懂得为什么。不是很快就会，而是应该已经懂得了。你的心不是很久以来就已经为恋情而动了吗？”

我察看了一下自己的内心，但发现心里意外地空虚，什么也想不起来。

“我心里并没有追求的具体目标，我想我对先生没有丝毫隐瞒。”

“没有目标所以才活动，你在想要是有了就可以安定了，所以就想动。”

“现在并没有怎么活动。”

“你感到缺少了什么，结果不是活动到我这里来了吗？”

“也许是那样，但这跟爱情不一样。”

“这是过渡到爱情的阶段。在和异性拥抱之前，先活动到同性的我这里来了。”

“我觉得二者的性质是完全不一样的。”

“不，一样的。我作为一个男人无论如何也是不能满足你的。而且由于某种特殊的情况，我更是一直不可能给你以满足。我确实觉得很对不起你。你不得不离开我活动到别处去，我倒是希望你这样。但是……”

我异常地悲哀起来。

“先生要是认为我会离开您，那也没办法，但我还从来没有过这样的念头。”

先生没听我的话。

“但是你要小心，恋爱是罪恶。在我这里虽然得不到满足，但也没有危险。你知道被黑长发捆住时的心情吗？”

我想象得出，但没有经历过。总而言之，先生说的罪恶的意思很模糊，我不很明白。另外我有点感到不愉快。

“先生，请您把罪恶的意思再讲清楚一点。要不，在我自己把罪恶的意思搞清楚之前，这个问题就暂时不谈了吧。”

“真对不起。我以为在跟你讲老实话，可是实际上却让你发急了。我真对你不起。”

先生和我从博物馆后面向着莺溪方向慢条斯理地走去。从篱笆的隙缝中可以看见宽阔的庭院的一角长着繁茂的山白竹，显得很幽静。

“你知道我为什么每月都去给葬在杂司谷墓地的朋友扫墓吗？”

先生的这个问题问得太突然了，而且先生也清楚地知道我对这个问题回答不了。我好一阵没回答。先生仿佛这才注意到似的说道：

“我又说了不该说的话。想着让你着急不好，想说明一下，结果这说明又让你着急起来，真是没办法。不谈这个问题了。总之，爱情是罪恶，记住了吧，但又是神圣的。”

我越来越不懂先生的话了，但先生以后再也没谈过爱情的问题了。

十四

年轻的我往往容易一条道走到黑，至少在先生的眼里我是这样。对我来说先生谈的话比在学校上的课更有益，先生的思想比教授的意见更可贵。归根结底，独守着自己的世界、说话并不多的先生，比起站在讲台上指导我的名人们显得更加了不起。

“你可不要太感情用事啊。”

“我是冷静地想过后才这样看的。”我很自信地回答说。但先生没有理睬我的自信。

“你受到了热情的驱使，等热情减退你就会感到厌恶。你现在把我看得那么好，我感到很痛苦。再想一想今后会在你思想上发生的变化，我就更痛苦了。”

“您就那样地看轻我吗？那样地不相信我吗？”

“我是觉得很对不起你。”

“您是说：对不起，我不相信你。对吗？”

先生有点为难地转身朝着院子。院子里前一阵还点缀着庄重深红的山茶花，现在已经一朵也没有了。先生常常喜欢从客厅眺望这棵山茶花。

“不信任？我并不只是对你不信任，我对所有的人都不信任。”

这时从树篱的外面传来了叫卖金鱼的声音，此外就什么声响也没有了。从大路折进来有一百多米的小路格外安静，先生家里也同平时一样静悄悄的。我知道夫人就在隔壁的屋子里，我也知道我的话一定也传到了正在那里默默地做着针线活的夫人的耳朵里。可是我完全忘了这些。

“那么夫人您也不信任吗？”我问先生道。

先生的神色有点不安，避而不做直接的回答。

“我连我自己都不信任。就是说我连自己都不能信任，所以就对别人也不信任起来。我只有诅咒自己。”

“要是考虑得这么复杂的话，不就没有一个靠得住的人了吗？”

“不，不是考虑的，而是就这么做了。做了之后才吓一跳，觉得太可怕了。”

我很想顺着这条路再往前进一步。这时从槅扇后传来了两声夫人的呼唤声：“您来一下。”先生问了两遍：“什么事？”夫人说：“有一点事。”就把先生叫到隔壁屋子去了。他们两人之间有什么事，我当然不知道。我还来不及猜想，先生很快地又回到客厅来了。

“总之你也不要过于信任我，要不你会后悔的。并且会为了自己的受骗，而进行残酷的报复的。”

“这是什么意思呢？”

“如果记得你曾经跪倒在他的脚下，这次你就会想在他的头上踏上一只脚。我为了将来不受到侮辱，现在就不想受你的尊敬。我宁愿忍受我现在的寂寞，而不愿去忍受将来更加的寂寞。我们生活在充满了自由、独立和个性解放的现代，作为一种牺牲，都要尝一尝这寂寞的滋味。”

面对着有这样看法的先生，我不知该说什么才好。

十五

此后我每次见到夫人都有些担心。先生对夫人也始终是这样的态度吗？如果是这样的话，夫人能满意吗？

夫人的样子到底是满意还是不满意，我无法断定，因为我没有十分亲近夫人的机会，而且夫人每次见到我都是平平常常的，再加上要是先生不在场我难得见到夫人。

我感到迷惑不解的还有，先生对人的这个看法是从哪里来的？仅仅是冷眼反省自己、冷眼观察现代的结果吗？先生是一个喜欢静坐沉思的人，是不是只要有先生的头脑，静坐着考虑世间的事情就会自然而然地产生这样的态度呢？我不能认为仅仅是这样，先生的看法是有生命力的，这跟火烧过后冷却了的石头房屋的轮廓不同。先生在我心目中的确是一位思想家，但在这位思想家整理过的学说里交织着有力的事实。这不是跟自己毫无关系的他人的事实，而是自己切身体验到的事实，是有血有肉的事实。

这用不着我在心里推测，先生自己已经坦白地说过。只是这表白像云遮雾罩的山峰一样。我的头脑被罩上了一种无以名状的恐怖：我也不知道为什么可怕。先生的表白朦朦胧胧，但是却明明白白地刺激着我的神经。

我曾假设有一桩重大的恋爱事件奠定了先生的这一人生观的基础（当然是发生在先生和夫人之间的恋爱事件）。先生曾说过爱情是罪恶，用这一点对照来看，这多少是可以作为线索的。但先生告诉我说他现在很爱夫人，而这种近乎厌世的看法是绝不可能来自两人的爱情的。先生说的“如果记得你曾经跪倒在他的脚下，这次你就会想在他的头上踏上一只脚”这句话，对于现在一般的人可以用，但在先生和夫人之间是不适用的。

杂司谷的不知姓氏的人的坟墓，也时常在我的记忆中出现。我深知那是跟先生有着密切关系的一座坟墓。尽管我正在接近先生的生活，但仍然接近不了。我把这座坟墓当作是存在于先生头脑中的一个生命的一部分，也将它装进了自己的头脑中。不过对我来说，这座坟墓完全是一个死了的东西，不能成为打开

我深知那是跟先生有着密切关系的一座坟墓

存在于两人之间的生命之门的钥匙，倒像是竖在两人中间妨碍我们自由交往的妖魔。

一来二去，我又有了一个同夫人对坐谈话的机会。那时正值白昼日短的繁忙的秋天，是一个人人都感到有寒意的季节。先生家附近连续三四天都有人家遭窃，偷窃都是发生在天刚黑的时候。虽然几乎没有哪一家被偷去了什么大不了的东西，但只要进了贼总有东西被偷走。夫人感到害怕，正好一天晚上先生有事非出去不可，因为有一位在地方医院供职的同乡朋友进京了，先生要同另外两三个人一起请那位朋友到一个地方去吃饭。先生说明原因，要我在他回来之前替他看看家。我立刻答应了。

十六

我去时正是快要点灯的傍晚，严守时间的先生已经不在家了。“他说去迟了不好，刚才走了。”夫人说着把我带到了先生的书房。

书房里除了书桌和椅子，书架上还有许多书，透过玻璃门在电灯光的照耀下漂亮的书脊排列得整整齐齐。夫人让我在火盆前的坐垫上坐下，说："你看看放在那里的书吧。"说完就出去了。我当时的心情正像是一个等候主人归来的客人一样，正襟危坐地在那里抽烟。外面传来了夫人跟女用人在饭厅里说话的声音。书房在饭厅走廊头上的拐弯处，所以从房子的位置来看，反倒比客厅还要僻静一些。过了一阵夫人的话声停了，周围又是一片寂静。我一动不动地留神着四周，等候着小偷的光临。

过了大约半小时，夫人又在书房门口露面了，她用有点吃惊的眼神望着我，不觉"啊"了一声。她觉得好笑地望着我那来做客似的一本正经的样子。

"拘束得慌吧？"

"不，不觉得拘束。"

"那觉得寂寞吧？"

"不。我担心小偷会来，心里很紧张，也不觉得无聊。"

夫人笑着站在那儿，手里端着一个红茶茶杯。

"这里太靠边了，看起门来不方便。"我说。

“对不起，那就请你到中间一点的地方来吧。我怕你觉得无聊，给你沏了杯茶来，要是饭厅可以的话就到那儿去喝吧。”

我跟着夫人走出书房。饭厅里，烧水壶在漂亮的长形火盆上咝咝作响。夫人拿来茶水和点心招待我，她自己却碰都不碰一下茶杯，说是喝了睡不着觉。

“先生还是常常出去参加这样的聚会吗？”

“不，难得出去。近来他渐渐地变得不愿见人了。”从夫人说话的样子，好像也看不出她有什么苦恼，于是我就大胆地问道：

“那么只有夫人您是例外的咯？”

“不是，我也是惹他讨厌的一个人。”

“这不是真的，”我说，“您自己知道这不是真的，但故意这么说，是吧？”

“为什么？”

“依我看，先生是因为喜欢夫人才讨厌社会上所有的人的。”

“你到底是个做学问的人，可真会说空道理。如果他讨厌所有的人，不是连我也讨厌了吗，这是同样的道理。”

“两种说法都有道理，但现在是我的对。”

“我不喜欢空议论。你们男人常常喜欢空议论，还兴致勃勃的。也只有你们才能这样拿着空酒杯不厌其烦地敬酒。”

夫人的话可真有点厉害，但这话听起来一点也不激昂。夫人很保守，不是那种要让人知道自己很有头脑来引以为自豪的人。看起来她把自己那隐藏得很深的心思又保护得很好。

十七

我后面还有要说的话，但又顾虑夫人把我看作个喜欢乱发议论的人。夫人瞅着我望着喝光了的红茶茶杯默不作声，就问我：“再喝一杯吧？”我马上把茶杯递给了夫人。

“放几块？一块？两块？”

夫人不知用一样什么东西夹着方糖，她看着我问我茶杯里要放几块糖。夫人的态度非常和蔼，极力想要消除刚才谈话的那种生硬，但并不是要讨好我。

我默默地喝着茶，喝完了还是一声不吭。

“你怎么半天不说话了呢？”夫人说。

“我一说什么，您可能又要说我爱发议论了。”我答道。

“这哪能呢。”夫人又说。

于是，我们两人又开始说起来，谈起了两人都关心的先生的事情。

“夫人，我再接着刚才的话说下去好吗？在夫人听起来也许是空道理，但我可不是不着边际地乱说的。”

“你说吧。”

“假如夫人您现在突然不在了，先生还能像现在这样生活下去吗？”

“那我可不知道，这种事你只有去问先生了，不该来问我。”

“夫人，我可是认真的。您不要回避，请您坦率地回答。”

“当然是坦率的。坦率地说我不知道。”

“那么夫人，您爱先生爱到什么程度呢？这个问题当然问您要比问先生合适，所以我问您。”

“这样的事没必要这么一本正经地打听吧。”

“您是说，没必要问得这么迂腐，这非常明白。对吗？”

“啊，是的。”

“这么忠实于先生的您如果突然不在了，先生会怎样呢？先生对这个世上的一切都不感兴趣，您如果突然不在了，以后他会怎样呢？不是从先生那方面，而是从您这方面看。您看，先生会幸福呢，还是不幸？”

“从我这方面看我很清楚（也许先生不这么想）。先生离开了我只会不幸，或许是生活不下去。这么一说，好像我在自我欣赏，但我相信我是在尽可能地使先生享受一个人所能够享受的幸福。我甚至坚信不管什么人都不能像我这样地使先生幸福。正因为如此，我才能这样地放心。”

“我想这信念会反映到先生的心里去的。”

“那是另一回事了。”

“您还是说先生讨厌您吗？”

“我倒没觉得我惹他讨厌了，也不会惹他讨厌。可是先生不是讨厌这个世上吗？近来他又讨厌起人来。所以我作为人中间的一个，当然他也不会喜欢我了。”

我终于理解了夫人所说的惹他讨厌的意思。

十八

我佩服夫人的理解力。夫人的态度不同于旧式日本女子的地方也引起了我的注意。然而夫人说话时几乎不用当时已开始流行了的所谓新字眼。

我是一个跟女人从未有过很深交往的迂阔青年。作为一个男人，出自对异性的本能，我时常把女人作为憧憬的对象来想象。但这就像是眺望春天的使人眷恋的云彩一样，只不过是漠然的印象罢了。所以真到了女人的面前，我的感情常常又突然变了，不但不会受到出现在自己面前的女人的吸引，反而会当场感到一种莫名其妙的排斥力。面对夫人，我却没有一点这样的感觉，连一般在男女之间存在着思想差别的想法也几乎没有了。我忘记了夫人是一个女人，只把她当成一个先生的诚实可靠的批评者和同情者来看待了。

“夫人，这以前我问过您先生为什么不多到社会上活动活动，那时您说过，您说他本来不是那样的。”

“是的，说过。他本来就不是那样的嘛。”

“是怎么样的呢？”

“像你所希望的那样的，也是我所希望的那样的有出息的人。”

“那为什么突然变了呢？”

“不是突然变的，是慢慢地变成这个样子的。”

“那么夫人您这期间一直和先生在一起吗？”

“当然在一起，我们是夫妻嘛。”

“那先生变成这样的原因您应该是清楚的了。”

“正是这个问题，我很苦恼。叫你这么一说我实在不好受，可我想来想去也想不出是什么原因。我不知跟他求过多少遍了，要他告诉我到底是为什么。”

“先生怎么说呢？”

“没什么好说的，也用不着担心，我就是变成这样的脾气了。就这么几句话，根本不理我的茬。”

我沉默了，夫人也停住了话头。下房里的女用人一点声音也没有，我差不多早已把小偷忘在脑后了。

“你是认为我有责任，是吗？”夫人突然问道。

“不。”我回答说。

“你尽管说出来，不要瞒我。你要是那样想，我真比剜心都难受。”夫人又说道，“可我还是认为我为先生做了我可能做的一切。”

“先生也是这么想的，所以不要紧，您放心吧，这一点我可以保证。”

夫人把火盆里的灰扒平，然后将水罐的水倒进烧水壶，烧水壶马上就不再发出响声了。

“我终于忍耐不住，问了先生，我说如果我有不好的地方，你就不客气地指出来，能改的缺点我一定改。可是先生说，你哪有什么缺点，有缺点的只有我。他这么一说我伤心得不得了，都哭了，就更想听听自己什么地方不好。”

夫人的眼里满是泪水。

十九

开头我只是把夫人看作一个很明白事理的女性。在说话中间，夫人在我心目中的形象，渐渐地发生了改变。夫人不再只是使我感到钦佩，而是开始使我感动了。自己和丈夫之间什么芥蒂也没有，也不应该有，可其实还是有。然而睁开眼睛想要看个究竟时，仍然什么也没有。夫人苦恼的主要就在这里。

夫人断言先生一开始就是以一种厌世的眼光来看人世间，结果连自己也讨厌起来。虽然做了这么个结论，但心里仍然不踏实。究根究底，却又得出了相反的结论，她推测是先生先讨厌自己，结果连人世间都厌恶起来。但不管怎么煞费苦心，这个推测总是得不到证实。先生始终是个好丈夫，亲切而又温和。夫人把这疑团裹在一天天增长的情意中，偷偷地藏在心底里，这天晚上却在我的面前把它打开了。

“你怎么想的？”夫人问，“是因为我才变成那样，还是因为你说的人生观什么的才变成了那样？你坦白地说说看。”

我什么也不想隐瞒，但如果这中间存在我不了解的事情的话，不管我的回答是什么，都不会使夫人满意的。而且我相信这中间有我不了解的东西。

“我不知道。”

夫人突然露出了希望落空时的那种可怜的神情。我马上补充说：

“但是先生并不讨厌夫人您，我保证。我只是把先生亲口说的话告诉您。先生是不会说谎的。”

夫人没有回答，过一会才说道：

“说起来，我好像可以猜中一件事……”

“是不是有关先生变化的原因？”

“是的，如果那就是原因的话，我的责任倒也没了，这样我也就舒坦了……”

“是什么事情？”

夫人难以启齿，老是瞧着自己放在膝盖上的手。

“我说给你听，请你给我判断一下。”

“我能判断就判断。”

“我不能全说，全说了他会骂我的。我只能给你说到我不会挨骂的地方为止。”

我紧张地吞了一口口水。

“先生还在上大学的时候，有一个非常要好的朋友。那朋友就在快毕业的时候死了，是突然死的。”

夫人像是在我耳边说悄悄话似的，低声说道：“其实是自杀死的。”这种说法叫人不禁要问：“为了什么？”

“我只能说到这个地步。就是在这以后，先生的脾气渐渐地变了。那个朋友为什么死了，我也不知道。说不定先生也不知道吧。但想想先生就是从那以后变的，也许他又知道。”

“在杂司谷的坟墓就是他的吗？”

“这也不能说，所以我不说了。但是一个人能仅仅因为死了一个好朋友，就发生这么大的变化吗？我真想知道这个，所以我要请你给判断一下。”

我的判断是倾向于否定的。

二十

我想尽可能用我掌握的事实来安慰夫人，夫人也尽量地做出接受了我的安慰的样子。于是两个人一直谈论着同一个问题。但是我并没有掌握问题的根本，夫人的不安也是由于在这个问题上罩着一层薄薄的疑云而产生的。谈到事情的真相，夫人自己也知道得不

夫人难以启齿……

多，就是知道的也不能全都跟我讲。这样，安慰别人的我和被安慰的夫人都像是在波浪上浮着，摇荡不定。一边摇晃着，夫人还总是伸出求援的手，希望抓住我的靠不住的判断。

十点左右大门口传来先生的脚步声，夫人马上就好像忘记了刚才的一切似的，把坐在面前的我丢在一边，站了起来。她几乎跟打开格子门进来的先生撞个满怀。被丢下的我也马上跟着夫人出来了，只有女用人像是在打瞌睡没有出来。

先生的情绪很好，但夫人的样子更高兴。夫人漂亮的眼睛里刚才还是泪水晶莹，黑黑的眉毛挤成一个八字，这印象还没从我的脑子里消失，我仔细地观察着现在这异常的变化。如果不是伪装的话（实际上又不像是伪装），那么夫人刚才的诉说也未始不可以认为那是为了玩弄感伤情绪，而特别对我做出来的一种女人的把戏。当然，那时我对夫人根本就没有持那样的批评态度。看到夫人很快就变得满面春风，我倒是放心了。我又想，这样的话也就用不着太担心了。

先生笑着问我说："让你辛苦了，小偷没有来吗？”接着又说：“小偷没来，你不觉得扫兴吗？”

我临走时夫人对我道谢说：“真对不起你。”那口气听起来与其说是在百忙中占用了你的时间而对不起，还不如说是像在开玩笑：你特地来一趟但小偷却没来，真对不起。夫人一边说着，一边把刚才拿出来的剩下的西点用纸包好塞在我手里。我将点心塞进袖筒，穿过夜寒人稀的曲折小巷，朝繁华的街区疾步走去。

我将那天晚上的事情从记忆中摘出来，在这里做了详细的描述。这是因为有必要写才写的。但是说实话，照我从夫人那里拿了点心回去时的心情，并没有把那天晚上的谈话当回事。第二天我从学校回来吃午饭，看见头天放在桌子上的那包点心，马上就打开来，抓起抹着巧克力的咖啡色蛋糕，塞进了嘴里。吃的时候，一边品味一边想着：给我这点心的一男一女，终究是生活在这个世上的幸福的一对。

秋去冬来，这段时间也没什么特别的事情。我仍然经常出入先生的家门，顺便把浆洗和缝补衣服等事都拜托给夫人。从来没有穿过和服衬衫的我，就是从这个时候起穿起了西式衬衫，外面再套一件带黑领子的衣服。夫人没有小孩，她说帮我照料一下生活反倒可以解解闷，对身体也有好处。

“这是自家织的布吧？我还从没缝过这么好的布衣服呢。不过就是不大好缝，针都扎不透，害得我针都断了两根。”

即使是在这样诉苦的时候，夫人也没有表现出嫌麻烦的样子。

二十一

冬天来到的时候，我突然不得不回老家一趟。我接到母亲的来信，信中说父亲的病情不太妙；又补充说，虽然还不至于担心马上会怎么样，不过总归是上了年纪的人了，所以可能的话要我还是看情况回去一趟。

父亲早就肾脏有毛病，正如中年以后的人所常见的那样，父亲的这个病是慢性病。他本人以及全家人都深信不疑，只要当心一点就不会有什么突变。现在，每当有客人来，父亲总是向他们夸口，说他就是靠调养得法才好歹挺到今天的。母亲的信上说，父亲当时正在院子里干什么，突然一阵头晕就栽倒了，家里的人错以为是轻度的脑出血，马上设法抢救，后来据医生说不像是脑出血，还是旧病复发的结果，这才把突然晕倒和肾脏病联系起来考虑了。

到寒假还有一段时间，我想等到学期结束大概也无妨，就一天两天拖下来了。就在这段日子里，父亲躺着的样子、母亲担心的神色等不时浮现在我的眼前。每当这时我的心里总感到一阵苦恼，于是我终于决定回去。为了减少从家里寄钱来的麻烦和节省时间，我想去辞行时，顺便请先生垫借一下钱。

先生有点感冒，说是懒得去客厅，我就被引到了书房。入冬后很少见的使人感到亲切的和煦阳光，从书房的玻璃窗里射进来，照在台布上。先生在这向阳的房间里放了一个很大的火盆，火架上的铜盆里冒着热气，以此来防止空气干燥。

“生场大病倒好，一点点感冒反而很讨厌。”先生望着我，苦笑着说。

先生从没有生过什么大病，听了他的话我直想笑。

“我得点感冒还可以忍耐，但得再大的病就不行了。我想先生您也一样吧，您试试就知道了。”

“是吗？我要是得病，宁愿得个绝症。”

我并没有很留意先生说的话，马上就讲到了母亲的来信，并提出了借钱的事。

“那你真是伤脑筋了。这点钱我想现在手边还是有的，你拿去用好了。”

先生叫来夫人，要她取来我所需的款项放在我面前。夫人从里面茶柜还是别的柜子的抽屉中取出钱来，仔细地用白纸包好，对我说：“你一定很担心吧？”

“昏倒了好几次吗？”先生问。

“信上什么也没说。那病是常常要栽跟斗的吗？”

“是的。”

我这才知道，夫人的母亲就是得我父亲那一样的病去世的。

“病反正是很难好吧？”我说。

“是啊，我要是能代替，让我来代替也好。可是，他想吐吗？”

“会要吐吗？信上一点也没说，大概没有吧。”

“只要不想吐，那还不要紧。”夫人说。

我坐当天晚上的火车离开了东京。

二十二

父亲的病情并不如我想象的那么坏，不过我到家时他盘腿坐在床上，说："大家都担心，所以我只好这么耐着性子待在床上。其实我早就可以起来了。"但是从第二天起他不听母亲的阻拦，硬是起了床。母亲不高兴地一边叠被一边说："你爸是看你回来了，所以一下子脾气又倔起来。"我好像看不出父亲的举动有什么故意逞强的地方。

我的哥哥在很远的九州工作，如果不是万一的情况，他是不容易脱开身来见父母亲的。妹妹嫁到别处去了，她也不是碰到急事马上就叫得来的。兄妹三人中最方便的只有我这个读书人。我听从母亲的吩咐扔下学校的课程，在放假前就回来，这对父亲来说是一个极大的满足了。

"这么一点点病就叫你请假回来，真难为你了。

你妈写信真不该大惊小怪的。”

父亲嘴上却这么说，不仅如此，还叫收拾铺开的铺盖，表示和平时一样健康。

“您不要太不注意了，病又会重患的。”

父亲好像很愉快而又极不重视地接受了我的劝告。

“哪里，不要紧。就像平时那样，当心一点就行了。”

父亲确实好像没事了，在屋子里自由走动，气也不喘，头也不觉得晕，只是脸色比一般人要难看得多，但这又不是才出现的症状，所以我们也没有格外地留意。

我给先生写了封信，感谢他借钱一事，并告诉他我正月回京时带去还他，请等到那个时候。还说了父亲的病情不如想象的那么坏，看来暂时可以放心，父亲既不头晕也不呕吐等，最后才添了一句问先生的感冒好了没有，其实我对先生的感冒一点也没放在心上。

我发信时根本没想过先生会回信。寄了信我跟父母亲一边说着先生的事，一边遥想着先生书房中的情景。

“下次去东京时带点香菇送去。”

“好的。可是不知道先生吃不吃晒干的香菇。”

“好吃是不好吃，不过也不会有人讨厌吧。”

把香菇和先生连在一起，我总觉得别扭。

收到先生的回信时我有点惊讶，特别是看到信里并没有什么要紧事时更感到惊讶。我想先生只是出于好意给我写的回信。这么一想，这封简单的回信使得我很高兴，当然不用说，这是我收到的先生的第一封信。

说是第一封信，好像我和先生之间经常有书信来往似的，所以我要说明一下，事实绝非如此。在先生生前我只收到他两封信，一封是这里所说的简单的回信，另一封是先生临死之前特地写给我的极长的信。

父亲因为得了这种病，不得不少活动，所以起床后几乎没到屋子外面去过。天气很温和的一天下午曾到院子里去过一次，为了防止万一，我一直在旁陪着他。我担心地要他扶着我的肩膀，但父亲笑着不肯听。

二十三

我常跟感到心闷的父亲下象棋。两个人都很懒，烤着火炉，把棋盘就放在火炉的木架上，动棋子时才把手从棉被底下拿上来。手里拿的棋子有时掉了，在下下一盘之前两个人都一直没有发觉，直到母亲在灰里发现，用火钳夹出来。这样的笑话常有。

“围棋棋盘太高，而且下面都有脚，在火炉上没法下。在这里，象棋盘正好，舒舒服服就能下，正适合我们这样的懒虫，再来一盘。”

父亲赢了时必定要再来一盘，但是输了时也要再来一盘。总之不管输赢，他喜欢烤着火下棋。一开始很新奇，这超世脱俗的娱乐给了我很大的乐趣，但是稍过了些日子，这么一点刺激就不再能使精力正旺的我感到满足了。我时常把握着金将、香车[1]的拳头举

① 日本象棋的棋子名称。

过头顶，放声打起哈欠来。

我思念东京了，在满心思念之中，我听到了一个声音在不断催促我活动活动。我似乎感到，在一种难以名状的意识状态中，先生的力量在加强催促的作用。

我在心里把父亲和先生比较了一下。他们两人都是社会上不知其是否存在的规矩人，在为人所知这一点上都等于零。然而，这个喜欢下棋的父亲单单作为娱乐的对手我都觉得不满意。我从来也不曾为了玩乐的目的同先生交往过，但先生在不知不觉中对我的头脑产生的影响却大大超出了在一起吃喝玩乐产生的感情。光说对我的头脑还很不够，我想说是对我的灵魂。说先生的力量深入了我的肉体，说先生的精神渗入了我的血液，对当时的我来说可能都是一点也不夸张的。父亲是我的生身父亲，先生不用说是一个毫不相干的人，我将这一明明白白的事实列举出来，特地摆在面前一看，这才大吃一惊，好像发现了一个莫大的真理似的。

我开始无聊得坐立不安起来，在此前后我发现至今一直是被当作稀客的自己，在父母亲的眼里也渐渐地变得无所谓了。我想在暑假或别的假期中回家的人大概都有同样的体会吧，在最初的个把星期里敬如上宾似的热情款待你，通常过了这个高峰，家里人的热度就慢慢地冷下来，最后就对你疏忽起来，好像有你不多无你不少一般。我现在在家里也过了这个高峰，另外我每次回家，身上都从东京带回一些父母亲搞不懂的奇怪变化。按过去的说法，就好像把基督教的洋味儿带进了儒者的家里一样，我带回来的东西都跟父母亲合不来。当然我把它们掩藏起来了，可是这本来就已经沾染在身，所以尽管想掩藏，仍不知不觉中在父母面前暴露出来。我终于觉得无趣了，想早些回东京去。

父亲的病幸亏仍然保持着现状，一点也没有向坏的方面发展的样子。为了慎重起见，我特意从远地请来很好的医生，仔细地给父亲做了检查，诊断的结果除我了解的病情以外并没有发现新的情况。我决定在寒假结束之前提早一点动身。人情真是不可思议的东西，我一说要走，父母亲都反对起来。

“就要回去？还早哪。”母亲说。

“再待四五天也来得及吧。”父亲说。

我没有改变自己决定的动身日期。

二十四

回到东京一看，门松[1]不知何时都已撤去。街上冷清地任寒风吹扫，到处没有一点过年的热闹气象。

我立刻就去先生家还钱，顺便带去了香菇。我把香菇放在夫人的面前，怕他们觉得奇怪，还特地说明这是母亲要我送的。香菇是装在一个新的点心盒里的，夫人道过谢准备回隔壁房里去时，一拿起点心盒，好像为点心之轻吃了一惊，问道："这是什么点心？"夫人跟人一熟起来，在这种地方常表现出直率的孩子气。

两人都对我父亲的病反复谈到他们的担心，先生这样说：

"的确，听你说的情况，眼下好像不会有什么问题，不过这到底不是一般的病，不能不当心一点。"

---

① 日人习俗，过年时门口饰松树。

关于肾脏病先生知道许多我不知道的东西。

“那种病的特点就是，自己尽管得了病却注意不到，满不在乎。我认识的一个军官得了这种病，死得实在奇怪，因为睡在一旁的妻子连护理的工夫都没有。半夜里说有点难受，把妻子唤醒了一次，第二天早上已经死了。据说那妻子以为丈夫还在睡呢。”

一直比较乐观的我忽然不安起来。

“我父亲也会那样吗？也很难说不会呢。”

“医生怎么说的？”

“医生说好是好不了的，但是说暂时还不用担心。”

“那就行了，如果医生这样说的话。我刚才说的那人是一直没有发觉，而且那是一个非常粗野的军人。”

我稍稍安心了一点。一直注意着我的变化的先生又说道：

“但是一个人无论健康也好生病也好，不管怎么样都是脆弱的，什么时候碰上什么事情怎么个死法都说不定。”

“先生您也考虑这样的事吗？”

“不管我身体多好，也不是一点也不考虑的。”

先生的嘴边掠过一丝微笑。

“有些人不是突然就死了吗，自然而然地？也有些人不是转眼就死了吗，由于非自然的暴力？”

“非自然的暴力是什么？”

“我也不知道是什么，自杀的人都是采用了非自然的暴力呀。”

“那么，他杀也是由于非自然的暴力啦。”

“他杀我一点也没想过。的确，说起来倒也是。”

那一天说到这里我就回去了。回去后也并没有怎么为父亲的病感到苦恼。先生说的自然死亡或因非自然的暴力而死亡的话，当时仅仅给了我一个不深的印象，过后就全忘了。我想起我好几次都要着手写而又放下来的毕业论文，现在不得不正式开始写了。

二十五

这一年六月就要毕业的我，无论如何得按常规在四月底之前写完论文。二月、三月、四月，我屈指算了算余下的日子，有点怀疑起自己的胆量了。别人很早就开始收集资料，整理笔记，一个个看上去都是忙得不得了，只有我一直什么也没干。我只有过了年就大干一场的决心，凭着这个决心我干了起来，但立刻又动不得了。至今一直凭空考虑着大题目，只构思出了一个骨架的我，开始抓耳搔腮起来。我又把论文的题目改小了。为了省去将成熟的论点给以系统的总结的麻烦，我决定就把书本上的资料排列一下，再加上一些适当的结论算了。

我选择的题目跟先生的专长很接近。我曾经就自己的这个选择去问先生的意见时，先生说“行吧”。现在有些慌神了的我，急忙到先生那里去，问我该读哪些参考书。先生爽快地把自己所知道的东西都告诉了我，还说借给我两三本必需的书。但是先生丝毫也不愿意承担指导我的任务。

“近来我不太看书了，所以新的东西不了解。你还是去问问学校的老师吧。”

这时我突然想起曾听夫人说过，先生以前非常喜欢看书，后来不知什么原因，对这方面的兴趣不如先前那么浓厚了。我把论文丢在一边，又跟先生随便聊起来。

“先生为什么不像以前那样对书本感兴趣了呢？”

“为什么倒也不为什么……大概是我觉得书看得再多也不顶用的缘故吧。还有……”

“还有，还有别的原因吗？”

“倒也不是还有什么别的原因。以前呢，在别人的面前别人问起什么事来，要是自己不知道，觉得很害臊。近来好像看出来不知道也不是什么丢人的事，所以就没劲看书了。一句话，我现在是老了。”

先生说话倒是很平静。正因为没有带着与世无争的人的苦涩味，所以这话对我没有多大影响。我回去时并不认为先生老了，也不感到先生了不起。

此后我完全被论文折腾苦了，像个精神病人似的眼睛熬得通红。我向一年前毕业的同学问了问写论文的一些情况。其中一个人说他是在截止的那一天坐车赶到办公室才总算赶上交卷，另一个说他交去时五点已经过了十五分，所以差一点被拒绝了，多亏主任教授帮忙才被接受了。我听了感到有些不安，但同时心里也踏实下来。每天我都坐在书桌前竭尽全力，要不，就是一头钻进昏暗的书库，在高高的书架前到处找书。我的眼睛搜索着书皮上的烫金字，就像收藏家发掘古董一样。

随着梅花的开放，寒风渐渐改向南方吹去。又过了一阵，我隐约听到说樱花开了。但是我仍像拉车的马一样，在论文的鞭催之下只顾朝前赶。直到四月下旬，我才按计划写完论文，在这之前我没跨进过先生家的门槛。

二十六

等我自由时，已是樱花凋谢，绿叶映翠的初夏时分了。我像出笼的小鸟一样，极目远望广阔的天地，自由自在地拍打着翅膀。我立刻就去先生家。枸橘树篱的深色枝条上萌发了嫩芽，石榴树的枯枝上茶褐色树叶在阳光下发出柔和的光泽，我被沿途的景色迷住了。我感到像是生来第一次看到似的新鲜。

先生看到我高兴的神色，说："论文写完了吗？太好了。"我说："多亏先生，总算完了。现在什么事也没有了。”

的确，我当时的心情非常痛快，好像自己应该做的所有的事都已经做完，以后痛痛快快玩也不要紧了。我对自己写完了的论文十分有把握，而且感到满意，在先生的面前不停地讲着论文的内容。先生用平常的口气，“的确”“是吗”地答应着，再不多加一点评论。我不止是有点遗憾，倒是有些泄气了。然而这一天我的情绪很高，好像足以向先生的保守态度挑战。我邀先生出去，到回苏了的生趣盎然的大自然中去。

“先生，去散散步吧。出去转转心里很舒服。”

“去哪儿？”

去哪儿都没关系，我只是想把先生拉到郊外去走走。

一小时以后，先生和我按着我的意思离开了市区，在一个分不清是城镇还是乡村的僻静地方漫无目标地散起步来。我从扇骨树篱上摘了片又嫩又软的叶子放在嘴里吹起了树叶笛。我有一个朋友是鹿儿岛人，我学着他的样子吹，自然而然地就学会了，所以我吹树叶笛吹得很好。我得意地不停地吹着，先生却不加理会地脸朝别处走着。

不一会，在一个像被嫩叶覆盖了一般的郁郁苍苍的小门下，出现了一条小道，门柱上钉着的牌子上写着某某园，马上看出这不是私人的宅邸。先生打量了一下这个建在缓坡上的入口，说道："进去看看吧。"我立刻回答说："是花匠的园子吧。"

在树丛中拐了一个弯往里走上去，左边有间房子。纸拉门敞开着，里面空无一人，只有屋檐下的大缸里养着的金鱼在游动。

"真安静呀。不说一声就进来，不要紧吧？"

"不要紧吧。"

两个人又往里边走去，然而里面也没见到人影。火红的杜鹃花争艳斗胜，先生指着其中的高杆的鲜黄色杜鹃说："这叫雾岛黄吧。"

芍药也种了一片，约有三四分地。但是还不到季节，所以没有一棵开花的。先生在芍药地旁边的旧条凳上仰面朝天地躺下来，我坐在余下的一头抽烟。先生望着碧蓝清澈的天空，我被周围嫩叶的绿色景致迷住了。仔细地观察这些嫩叶，可以发现它们都各不相同。即使是同一棵枫树，枝上的叶子也没有一片是颜色相同的。先生挂在小杉树梢上的帽子给风吹落了下来。

二十七

我连忙捡起帽子，用手撣着沾在上面的红土叫道：

“先生，帽子掉地上了。”

“谢谢。”

半支起身子接过帽子去的先生既不起来也不躺下，就那个样子问了我一个奇怪的问题。

“也许问得太突然了，你家里有很多财产吗？”

“说不上多。”

“那有多少呢？对不起。”

“有多少吗？只有一点山林和田地，钱可说是一点也没有。”

先生正儿八经地问起我家的经济情况，这还是第一次。关于先生的生活情况，我还从没有问起过。当初同先生认识的时候，我就对先生为什么能不做事纳

“你家里有很多财产吗？”

闷儿，此后这个疑问一直没从我的心里去掉。但是我觉得跟先生提这种直截了当的问题太冒失了，所以一直没有提。眼睛看累了正在养神的我，心里偶然又触到了这个问题。

“先生您呢，您有多少财产呢？”

“你看我像阔人吗？”

先生平时穿着很朴素。家里人少，住宅也不算宽敞。但他们的物质生活很丰裕，连不知详细情况的我也能看得出来。总之，先生的生活并不是那样困窘拮据，需要精打细算到难言奢侈的程度。

“是吧？”我说。

“这点钱是有的，但绝不是阔人。要是阔人的话就盖更大的房子了。”

这时先生已爬起来盘腿坐在条凳上，他说完拿竹手杖在地上画起圆圈来，画完把手杖戳着地面笔直地竖着。

“可我原来是很阔的呀。”

先生半像自言自语地说。但是我的话没能马上接上去，就终于沉默了。

“可我原来是很阔的呀，你知道吗？”先生又重说了一遍，望着我笑了。然而我还是没有回答什么，确切点说，是嘴笨回答不了，于是先生改换了话题。

“你父亲的病后来怎么样了？”

关于父亲的病从正月以后我什么也不知道了。每月跟汇款一起寄来的简单的家书，都是父亲的亲笔，但信里几乎都没提到过自己的病。而且字体也很端正，患这种病的人往往手发抖，但却一点也没使他笔法凌乱。

“信里面什么也没说，大概好了吧。”

“好了就好了，不过，病可总归是病呀。”

“还是不行吗？可是眼下很平安呀，来信里什么也没说呢。”

“是吗？”

我把先生问我家财产、问我父亲的病都当作是一般的聊天——心里怎么想嘴上就怎么说的一般的聊天来听。但是先生的话里还有把这两方面结合起来考虑的更深的意思。没有先生那种经验的我当然是不会注意到的。

二十八

“我想，你家里要是有财产，最好是趁现在把它处置好分到手，当然这是我多操心了。在你父亲身体好的时候，该分到手的东西尽量要分好，因为万一有了什么事，最容易产生麻烦的就是财产问题。”

“噢。”

我没有太看重先生的话，我相信，在我家，不仅我，无论是父亲还是母亲，谁都不会担心这个。另外，我对先生竟会说出这么看重实际的话来，感到有些惊讶。但是，对年长者的平时的尊敬，使得我没有开口。

“我像是在估计着你父亲会去世来说这样的话，一定会使你生气，请原谅。但是人总归是要死的，不管他多么健康，也说不定什么时候死去。”

先生的口气有点令人不愉快，这很少有。

“那样的事我一点也没放在心上。”我辩解说。

“你有几个兄弟姐妹？”先生问。

先生另外还问我家里有多少人，有没有亲戚，以及叔父婶母的情况，等等。最后说：

“都是好人吗？”

“说不上有什么坏人，大都是乡下人。”

“乡下人为什么就不会坏呢？”

我难以回答这样的追问，但是先生连让我考虑回答的时间都不给。

“乡下人比起城市的人反而要坏。你刚才说，在你的亲戚中间说不上有什么坏人，是吧？可是你是否认为这个世上存在着坏人这种人呢？世上是不会有从一个模子里出来的坏人的。平时都是好人，至少都是一般的人。可一到紧要关头，就突然变成坏人，所以很可怕。因此，这是不能疏忽大意的。”

先生的话好像还没有说完，我也正想要在这个地方说几句。突然狗在背后叫了起来，先生和我都吓了一跳，转过头看去。

从条凳的旁边一直到后面都种着杉树苗，树苗的旁边长着茂密的山白竹，把一分左右的地面都给覆盖起来了。狗在山白竹丛里露出了脑袋和脊背，使劲地叫。这时跑来一个十岁左右的小孩喝住了狗。小孩戴着有徽章的黑帽子，来到先生的面前没脱帽就鞠了个躬，问道：

“叔叔，你进来时家里一个人也没有吗？”

“一个人也没有啊。”

“可是姐姐和妈妈在厨房里呀。”

“是吗，在吗？”

“是啊。叔叔，你先招呼一声再进来就好了。”

先生苦笑了一下，从怀里掏出钱包，拿出五分的白铜币放在小孩的手里。

“跟你妈妈说说，就说让叔叔在这儿休息一会。”

小孩聪明伶俐的眼睛笑得眯了起来，直点头。

“我现在是侦察队长。”

小孩说着就穿过杜鹃花跑了下去，狗也卷着尾巴跟在小孩的后面追去了。不多一会，两三个年纪差不多的小孩也朝侦察队长下去的方向跑去了。

二十九

由于狗和小孩的打扰，先生的话没有能够说完，所以我最终也没领会先生的意思。我那时丝毫也没有先生所担心的财产一类的心事，按我的脾气，以及我的境况，我那时根本没有工夫去为这种涉及利害关系的事情费神。现在想起来这大概是我还没有走上社会的缘故，或者还没实际地经历过那种场面的缘故，总之在不谙人事的我看来，金钱问题还是很遥远的事。

在先生的话里，他说人到了紧要关头都会变成坏人，只有这句话我想问清楚到底是什么意思。单就句子的意思来说我当然不会不懂，但我想围绕这句话了解更多的内容。

狗和小孩走后，宽阔的绿色花园又重新归于一片宁静。我们像是被沉默幽禁了的人一样，好大一会儿一动也没动。明朗的天空这时渐渐地失去了光彩，眼前的树木大都是枫树，那枝头上青翠欲滴的嫩叶似乎也渐渐地暗淡了。远处大街上，传来拉货车发出的震耳的响声，我估计这大概是村里的人拉着花木什么的去赶庙会。先生听到这声音，好像突然从冥想中醒过来似的站了起来。

“哎，回去吧。日子好像是长多了，不过在这样

“人到了紧要关头……”

优哉游哉之中，不知不觉天还是黑下来了。”

先生刚才睡在条凳上，所以衣服后面尽是皱痕，我用两手把它抚平了。

“谢谢。沾上了树上掉下来的油吗？”

“都掸掉了。”

“我这件褂子还是才做的呢，要是弄得很脏，回去就要挨妻子的骂了。谢谢。”

两人又来到了慢坡中间的房子前面。进来时没有人的走廊上，一位中年妇女正和一个十五六岁的姑娘在绕线。我们两人在金鱼缸的旁边向她们道谢道：“打扰你们了。”女主人答礼道：“不，没有关系。”并谢谢先生给了小孩铜币。

出门走了二三百米，我终于开口问先生道：

“刚才您说，人到了紧要关头都会变成坏人，那是什么意思呀？”

“你说意思吗？也没有很深的意思。就是说事实如此，没什么大道理。”

“我不是说事实，我想问的是紧要关头的意思。到底是指的什么样的场合？”

先生笑了起来，好像到现在这个时候再来仔细地说明，已经没意义了一样。

“告诉你吧，是钱。一看到钱，再正派的君子也会马上变成坏人的。”

我觉得先生的回答太平常了，一点也没趣儿。先生兴致不高，我也就有点泄气了。我一本正经地快步走起来。先生自然就常常落后了，他从后面“喂、喂”地叫我。

“嘿，你看看。”

“看什么？”

“看你的样子呀，听了我的回答，就马上变成这个样子。”

我转身站住等先生赶上来，他望着我说了上面那些话。

三十

那时我心里有点恼恨先生。我和先生并排走着，故意不再问他我想要问的事，可先生不知是注意到了还是没注意到，丝毫也没有露出要理会我的样子。先生跟往常一样默默地迈着沉着稳重的步子走着，因此我有些生气，想找句话来窘他一下。

“先生。”

“什么？”

“先生刚才有点激动了吧？就在那个花匠的园子里休息的时候。我很少见过先生激动，今天却看到了。”

先生没有马上回答。我既觉得好像击中了要害，又感到似乎没有命中目标。没办法，我不想再说了。后来，先生突然走到路边去，在修剪得齐齐整整的树篱下，撩开衣襟小便起来。在先生小解时，我呆呆地站在那里。

“哎呀，对不起。”

先生说着又往前走。我终于放弃了为难先生的念头。我们走的路渐渐地热闹起来，刚才的稀稀落落的斜坡田地和平地都已不见，两边是鳞次栉比的房屋。但在住房空地的角落里，还随处可见缠绕在竹竿上的豌豆藤、圈养在铁丝网里的家禽，还有一种安闲的气氛。从市里回去的驮货物的马接连不断地从身旁走过。我完全被眼前的景象吸引住，刚才还憋在心里的问题已不知丢到什么地方去了。当先生突然又回到原来的话题时，我早已把它忘了。

“你觉得我刚才很激动吗？”

“倒也不是说很激动，是有那么一点……”

“不，看得出也没关系，我的确是激动的。我一提到财产的事就要激动。不知道你是怎么看的，我在这方面很是耿耿于怀的。受了人家的侮辱和伤害，过十年二十年我都不会忘记。”

先生的话比刚才更激动了。但我感到吃惊的，绝不是那说话的口气，而是先生的话给我造成的印象。从先生的嘴里听到这样的心里话，对我来说完全是很意外的。我连想都未曾想象过，这样的执拗劲儿竟是先生的性格特征。我一直认为先生还要更软弱些，而且我就把我对他的眷恋植根在这软弱而高尚的地方。因一时性起想要去冲撞先生的我，在这句话的面前，抬不起头来了。先生说道：

“我是受了别人的欺骗的，而且是受的骨肉至亲的欺骗。我绝不会忘记。他们在我父亲面前充好人，父亲刚闭眼，就成了不可饶恕的缺德鬼。我从小到现在不得不一直蒙受着他们给我的侮辱和损害，也许一直要蒙受到死，因为我至死也不会忘记。但是我还没有报复。想起来，我现在是在进行更大的报复，超过了对个人的报复。我感到要憎恨的不仅仅是他们，而是要普遍憎恨他们所代表的人。我想这就足够了。”

我根本说不出安慰的话来。

三十一

那天的谈话就到此打住，没有再往深处谈了。是我被先生的态度慑住，再也没有谈下去的勇气了。

两人在市郊乘上电车，在车内几乎没说一句话。下了电车，不久就得分手。分手时先生又恢复了原来的样子，用比平常更快活的语调说道：“从现在到六月是最舒畅的时候了，说不定是一生中最舒畅的了，使劲玩吧。”我笑着摘下帽子。那时我看着先生，内心在嘀咕，先生果真在心里憎恨一般人吗？在他的眼神里，嘴角上，都没有一点厌世的影子。

我要承认，在思想方面，我从先生那里受益匪浅。但是我又不能不说，在同一问题上常有想要得到教益而得不到的情况。先生的话有时不得要领就结束了。那一天两人在郊外的谈话，也作为一个不得要领的例子留在我心里。

无所忌惮的我，有一次终于在先生面前说了出来，先生笑了。我说：

“要是头脑笨搞不懂，那倒不要紧，我苦恼的是话明明都懂，而您却不肯把事情讲清楚。”

“我什么也没有隐瞒呀。”

“您隐瞒了。”

“你是把我的想法、意见等跟我的过去混在一起了吧？我虽然是一个思想贫乏的人，但却不会装神弄鬼地把自己想好了的东西隐瞒别人，因为没必要隐瞒。但是如果一定要我把自己的过去全部告诉你，那又是另外一回事了。”

“不能认为是另外一码事。因为这是从先生过去的经历中产生出来的思想，所以我特别重视。如果把这两样东西割裂开来，对我就毫无价值了。我只得到了一个没有灵魂的木偶，我无法满足。”

先生像愣住了一般望着我，拿着香烟的手有些发抖。

“你真大胆。”

“我只不过是很认真，我想认真地从人生中接受教训。”

“即使要揭露我的过去？”

揭露这一词，突然以一种可怕的声响敲打着我的耳鼓。我觉得好像现在坐在我面前的是一个罪人，不是我平时尊敬的先生。先生的脸色很苍白。

“你真是认真的吗？”先生又叮了一句，“我因为过去的原因，总是怀疑别人，所以实际上连你也怀疑。但是唯有你我又很不愿怀疑，你太单纯了，我无法怀疑你。我总在想，在死之前我要是能相信一个人就好了，哪怕只有一个人。你能成为这唯一的人吗？为了我能成吗？你是彻底认真的吗？”

“如果我的生命是真的，那么我刚才说的话也是真的。”

我的声音颤抖了。

“那好吧，”先生说，“我讲。我把我的过去毫无保留地讲给你听，但是……不，没关系。但是说我的过去也许对你并没有多大益处，也许你不听更好些。还有——现在还不能讲，你等着吧。不到适当的时候我是不会讲的。”

我回到住处后，心里仍然感到有一种压迫感。

三十二

我的论文在教授的眼里好像并不如我自己评价的那么好，但我还是照样及格了。举行毕业典礼的那一天，我从箱子里拿出散发着霉味的旧冬装穿上了。站在会场里的队列中一看，人人都是热得难受，我那被包裹在密不通风的厚呢衣服里的身子，简直不知怎么办才好。我站在那里不一会儿，手里的手帕就湿透了。

毕业典礼一完，我立刻回来脱得赤条条的。打开住处二楼的窗子，把毕业证书卷成望远镜一样，从孔中极目远眺外面的世界。然后把毕业证书丢在书桌上，伸开四肢躺在屋子当中。我躺着，回想着自己的过去，又想象着自己的将来。我觉得这插在过去和将来之间划分一个界限的毕业证书，是一张既像有意义又像无意义的怪纸。

那天晚上先生请我去他家吃饭，因为先生早就跟我说好了，毕业的那天晚上不要到别处去吃饭，要到他家去吃。

餐桌按预先说好的摆在客厅走廊的附近，织着花纹、浆得笔挺的厚桌布反射着电灯光，使人感到漂亮而洁净。每次在先生家吃饭，桌面都要铺上这西餐馆里才能见到，而且必定是刚浆洗过的洁白亚麻布桌布，然后才摆上碗筷。

“就跟领子和袖口一样。要是脏了还用，不如一开始就用带颜色的。要白就一定得纯白。”

听先生这么一说，我觉得先生的确是个有洁癖的人，书房里总是收拾得井然有序。对于我这个很不讲究的人来说，先生的这个特点时常给我留下很深的印象。

有一次我曾经跟夫人说：“先生有洁癖呢。”夫人回答说：“可是穿着方面他并不太讲究呀。”在一旁听着的先生笑着说：“说实在的，我是在精神上有洁癖，并始终因此而苦恼。想起来真是愚蠢到了极点。”精神上的洁癖，是通常说的神经质呢，还是伦理上的洁癖？我弄不明白，夫人好像也不太明白。

那天晚上我和先生面对面地在白桌布前坐下来。夫人在我们两人中间，正面朝院子坐着。

“恭喜你。”先生说着为我举起了酒杯。面对着这杯酒，我并不感到特别高兴。当然，原因之一是我自己心里本来就没有对这句话立刻产生反应的那种雀跃般的喜悦。但是先生的话里绝没有那种故意逗我高兴的轻浮调子，先生笑着举起了酒杯。从先生的笑里，我一点也看不出有不怀好意的讽刺，同时也感觉不出有为我高兴的真情。先生的笑告诉我：“在这样的时候，人们一般都喜欢说恭喜的。”

夫人对我说：“这下好了，你爸爸妈妈一定很高兴。”我突然想起了生病的父亲，心想要快些把毕业证书拿去给他看看。

“先生的毕业证书哪去了？”我问道。

“哪去了呢？还收在什么地方吧？”先生问夫人道。

“是的，大概是还收着的。”

毕业证书放在什么地方，两人都不太清楚。

毕业了，先生请我去他家吃饭

三十三

到了吃饭的时候，夫人把坐在旁边的女用人打发开，自己来给我们盛饭。这似乎是先生家招待熟客的规矩。开始一两回我也感到拘束，次数多了，把饭碗递给夫人也就不觉得有什么了。

“茶？还是饭？你真会吃呀。”

夫人有时也毫无顾虑地这样说。但是这一天不比平时，我的食欲没有好到那样引人发笑的程度。

“吃完了吗？你近来饭量减了好多呀。”

“不是饭量减了，天气太热吃不下。”

夫人招呼女用人收拾完桌子，又要她端上了冰激凌和水果。

“这是自家做的。”

无事可干的夫人看起来是有亲自做冰激凌招待客人的闲工夫的。我喝了两杯。

“你也终于毕业了，今后想干什么？”先生问。

他将坐垫往走廊那边移过去一些，坐在门槛边背靠着门框。

我只知道毕业了，还没有今后干什么的打算。夫人见我犹犹豫豫答不上来，就问道：“当老师？”看我还是没回答，又问：“那么做官？”我和先生都笑了起来。

“说实话，我还没想过要干什么。因为实际上我还从没考虑过职业的问题。什么工作好，什么工作不好，自己不干一干是不知道的，所以我觉得很难选择。”

“说得倒也是。可是你毕竟家里有财产，才会说得那么轻巧。要是有难处的人你看看，决不会像你这样安闲自在。”

我的同学中有的人毕业前就在找中学教师的差事了，我心里承认了夫人所讲的事实。但嘴上却说：

“有点受了先生的影响吧。”

“可不要受坏影响。”

先生苦笑了一下。

“受点影响也没关系，但是你要照我上次说的那样，趁你父亲健在时，把一定的财产分到手。这可决不能大意。”

我想起了五月初杜鹃花盛开时，和先生一起在郊外花匠的宽敞的花园深处谈话的情景。那次回来的路上，先生用激动的语气对我讲的那些有力的话，再次在我的耳边响起。那些话不仅仅有力，而且令人觉得可怕。但是对于不明事情真相的我来说，同时又是不透彻的。

“夫人，府上的财产有好多吗？”

“怎么问起这个来了？”

“我问先生，可他不告诉我。”

夫人笑着看了看先生。

“也许是不值得告诉你吧。”

“不过要有多少就能像先生这样呢？告诉我吧，我回家跟父亲商量时也好做个参考呀。”

先生转身朝着院子，板着脸抽烟，回答问题的自然只有夫人了。

“也谈不上有多少。仅够这么勉勉强强过日子罢了吧。我们怎么的都行了，你以后不干点事可不行呀。像先生这么成天无所事事可……”

“我并没有无所事事呀。”

先生只把脸转过来一点，否定了夫人的话。

三十四

那天晚上我十点过后从先生家告辞出来。因为两三天内我就要回乡下去了，所以临走前跟他们说了几句告别的话。

“又要有一阵子不能见面了。”

“到九月份可以出来了吧？”

我已毕业了，没有必要一定在九月份来，但是也不想到东京来度过最热的八月。我并不需要那么迫切地来寻找职位。

“大概要到九月吧。”

“那么祝你平安。也许今年夏天我们也会出去，这里太热了。去的话再给你寄风景明信片。”

“大约什么地方，如果出去的话？”

先生笑眯眯地听着我和夫人的一问一答。

“去不去还没一定呢。”先生说。

我正起身要走，先生突然拉住我问：“你父亲的病怎么样了？”我对父亲的健康情况几乎一无所知，我想，既然家里没来信说，大概也不坏。

“这病可不是你想的那么简单的，一变成尿毒症，就不好治了。”

尿毒症这个词和它的意思我都不懂，上次寒假在家里碰见医生时，从没听到过这样的术语。

“真得好好招呼呀，”夫人也说，“毒一到脑子里就完了，可不是开玩笑的呀。”

没有经历过这种事的我虽然觉得可怕，仍然笑嘻嘻的。

“听说这病反正是没治了，所以再担心也没办法。”

“能这么想得开，也就罢了。”

夫人大概是想起了过去得同样的病死去的母亲，轻声说道，说完低下了头。我也真的担心起父亲的命运来。

先生突然朝夫人说：

“阿静，你也许会比我先死吧？”

“为什么？”

“不为什么，只是问问。也许还是我走在你前面。世上好像一般都是老头子先死，老婆子在后。”

“也不一定是那样的呀。不过男的年纪总要大些吧。”

“所以这大概就是先死的原因吧。那么我也得比你先到另一个世界去了。”

“你是例外的。”

“是吗？”

“你身体挺好，从没为什么事烦恼过。不管怎样，我会死在前头的。”

“你在前吗？”

“是的，一定在前。”

先生看看我，我笑了。

“可是假如我先走，那样的话你怎么办？”

“怎么办……”

夫人一下子语塞了。想象先生死后的悲哀，夫人的心似乎受到了震动。但当她重新抬起头来时，心情已经不一样了。

“怎么办？没办法呗，你呀。不是都说生死有命吗？”

夫人故意看着我，开玩笑地说道。

三十五

刚站起身的我重又坐下，一直听到他们的谈话告一段落。

“你怎么想？”先生问。

先生先死，还是夫人早亡，当然不是我能做出判断的问题，我只是笑笑。

“寿命是难测的。我也一样。”

“这倒真是天数哪。生下来的时候就已注定了能活多久，谁也没办法。先生的爸爸妈妈几乎是同时的，我说的是去世的日子。”

“去世的日期吗？”

“虽说不是同一天，但也差不多，是接着故去的。”

这我还是头一次听说，我觉得很奇怪。

“怎么会一下子都去世了呢？”

夫人正要跟我说，给先生挡住了。

“别提那些事了，没什么意思。”

先生故意把手里的扇子扇得啪嗒啪嗒直响，又看了看夫人说：

“阿静，我死了这房子就交给你了。”

夫人笑了起来：

“顺便把地皮也一齐给我。”

“地皮是别人的，没办法。但是我把我所有的东西都给你。”

“太谢谢你了，可是那些洋文书我要了也没用呀。”

“那就卖给旧书店。”

“能值多少钱？”

先生也没说多少钱。但先生的话总是离不开自己的死这一遥远的问题，而且还假定自己的死一定会在夫人的前头。一开始夫人也故意不以为然地搭着话，不知不觉中，女人的那颗容易伤感的心就抑郁起来了。

“老是我死了我死了，要说多少遍呀？他还是个青年人，不要再唠叨死呀死的了。尽说些不吉利的话。你死了，一切都照你的意愿去办，还不行吗？”

先生转脸朝着院子笑了，不过再也没提夫人不愿听的话题了。我也觉得时间太久了，马上站起身来。

先生和夫人把我送到屋门口。

“好好照看病人。”夫人说。

“九月份再见。”先生说。

我道了谢走出格子门。在屋门和大门之间有一棵枝叶繁茂的桂花树，在黑夜里张开了枝丫，仿佛要拦住我的去路。我一边往外走，一边抬头看着被黑色叶子覆盖的树梢，遐想着我秋天再来时花朵儿将盛开喷香了。我一直就是把先生的家和这棵桂花树看作不可分离的东西而留在记忆里的。当我信步走到这棵树前，遐想再跨进这家门槛时的秋天的情况，从格子门上透出来的灯光突然熄灭了。先生夫妇可能已走进了里屋，我独自走出了黑暗的大门。

我没有马上回住所，因为回家前要买些东西，塞得满满的胃也要让它消消食，所以就单朝繁华的街道走去。街上夜色还不很浓，在无事闲逛的男男女女中，我碰上了一个同时毕业的同学。他硬把我拉进一家酒吧，在那里听他像啤酒冒泡沫一般天花乱坠地聊了一通。等我回到住所时已经过十二点了。

三十六

第二天，我又冒着酷暑到处去采购别人托买的东西。接到他们托买东西的来信时，好像没什么难办的事，办起来想不到竟非常麻烦。我在电车上一边擦着汗，一边憎恨起那些毫不怜惜别人的时间和劳动的乡下佬来。

我不想碌碌无为地度过这整个夏天，预先做好了回家后的日程安排。为了执行这个计划，就必须买一些必要的书。我准备好在丸善书店的二楼泡上半天，站在与自己专业有关的书架旁，从这个角落翻到那个角落，一本一本地查阅。

要买的东西中最使我为难的是女人的衬领。我跟店里的小伙计一说，他一股脑儿都拿出来给我看，可是挑哪一样好呢，真要买起来我就不知所措了，而且价钱极不稳定，以为是便宜的，一问都很贵；想着挺贵的，实际上反倒非常便宜，还有些比来比去，也看不出价钱的差别在什么地方，我完全给弄糊涂了，心里直后悔为什么没有麻烦一下先生的夫人。

我买了个皮包，当然不过是日本产的次货而已，但是上面的锁片还闪闪发亮，足够唬唬那些乡下佬了。这个皮包是母亲要我买的，她信中特意要我毕业后买个新皮包，把所有的礼物都装在里面带回去，我看到这个地方时不禁笑了起来。我倒不是不理解母亲的想法，只觉得这句话听起来很滑稽。

就像跟先生夫妇告别时说的那样，第三天我就坐火车离开东京回家去了。入冬以后先生多次提醒过要我注意父亲的病，我理应非常担心，但不知怎么的，我并不很焦虑。我倒是想象着父亲去世后的母亲，觉得怪可怜的。因此，我心里肯定意识到了父亲已是快要入土的人。我给在九州的哥哥的信中，也说了父亲看来是不可能恢复到以前那样的健康了；甚至说，要他看工作的情况，如果可能的话是不是今年夏天安排个时间回家看一次；还说两位老人孤零零地在乡下，一定觉得很凄凉，我们做子女的也会感到遗憾之至。信中甚至用了这样一些感伤的话语，其实也是我心血来潮。但是写好之后的心情跟写的时候又不一样了。

我在火车里想着自己的这种矛盾的心情。想着想着，觉得自己简直像个容易改变主意的朝三暮四的轻浮儿，心里十分不快。我又想起了先生夫妇，特别是想起了两三天前邀我去吃晚饭时他们的对话。

“谁先死呢？”

我独自念叨着那天晚上先生和夫人之间发生的疑问，心想这个问题他们谁也不能肯定地回答出来。不过假如明确地知道谁会先死，那么先生会怎么样呢？夫人又会怎么样呢？我想先生和夫人都还是只能按现在的样子生活下去吧。（就像我在家的父亲正一步一步地走向死亡，而我却毫无办法一样。）我觉得人生真是无常的，人无法左右的生来的轻薄也是无常的。

中　双亲和我

一

回到家里，我感到意外的是，父亲的健康情况同我上次见到他时没有太大的变化。

“噢，回来啦。是嘛。这么着，毕业了就好了。你等等，我洗把脸就来。”

父亲刚才正在院子里干什么活儿。他说着话，甩动着旧草帽后边那块遮太阳的有点儿脏的手帕，绕到有井的后院去了。

在我看来，从学校毕业，这是人事之常，看到父亲为我格外高兴，觉得心里不安。

“毕业了就好了。”

这句话父亲反复说了好几遍，我心里暗暗把父亲的喜悦，跟举行过毕业典礼的那天晚上，在先生家饭桌上先生向我祝贺时的神色相比较。在我看来，口里向我祝贺心里却不以为意的先生，倒好像比小题大做、盲目高兴的父亲显得高超。我终于对父亲这种出自无知的乡下佬气息感到了不快。

“大学毕个业，也没什么了不起的，每年都有好几百人毕业呢。”

我终于流露出了这样的口吻，父亲脸一沉说道：

“我可不光是说你毕业了就好了。毕业了是不错，不过我说的还有别的意思。你要是能懂就好了……”

我想听父亲说下去。父亲好像不想再讲了，但终于还是说道：

“是这么回事儿。我的病，你也知道的。去年冬天见到你时我就想，说不定只能活三四个月了吧。也不知是什么造化，竟拖到了今天。而且还能自己料理自己。这种时候你毕业了，所以我很高兴。好不容易养育成人的儿子能在自己身子骨还硬朗的时候从学校出来，不是在自己闭眼后才毕业，做爹妈的能不高兴吗？你的心大，觉得左不过是个大学毕业，老是好了好了的，真没趣儿。如果你从我这边想想，看法就会不同了。就是说，毕业不是对你好了，而是对我好了，你懂了吗？”

我无言以对，低着头，羞愧得只有认错的份儿。

看起来父亲已坦然地做了死的准备，并且认定在我毕业之前就会死。而我是一个这样粗心的人，竟一直没想过毕业会对父亲的心产生多么大的影响。我从书包里取出毕业证书，郑重其事地给父母亲看。证书被什么东西压得变了形，父亲仔细地将它抚平。

“这样的东西该卷着拿在手里带回来。”

“中间卷进个芯子就好了。”母亲也在一旁提醒说。

父亲端详了一阵，然后站起来向壁龛走去，把它放在最引人注目的正中间。要在平时我又该说话了，但这时我一反常态，一点也不想违拗父母亲的意愿，我默默地听凭父亲去摆弄。但是已经卷曲了的硬纸证书怎么也不听父亲的摆布，刚被放到合适的位置上，又顺着自己的势头移动，差一点倒下来。

二

我把母亲叫到一边，问了父亲的病情。

“爸爸那样精神十足地到院子里干这干那能行吗？”

“好像没事了，大概好了吧。”

母亲意外地平静。她对于这种事情一无所知，这是住在远离大城市的乡下女人常有的情况。但是上次父亲突然晕倒时，母亲竟然那么惊慌，那么担心，想到这我心里暗自感到诧异。

“可医生那时不是宣告很难办了吗？”

“是呀，我觉得真没有比人的身体更奇怪的了，医生当时说得那么严重，可到现在还是很硬朗。妈妈我一开始也很担心，尽量不要他动。可你看，他就是那个脾气呀，调养倒是调养，可固执着哪。只要他自己觉着行，我的话就一句也不肯听了。”

我想起了上次回来，父亲硬要从床上起来刮胡子时的神情。“我不要紧了，你妈说得太过火了。”想想他当时说的话，也就不能都怪母亲了。我想说“可也得从旁提醒他一点”，但终于没敢说出口来。只是就我所知，把父亲的病的性质给母亲做了讲解。但大部分都不过是从先生和夫人那里听来的。母亲好像并没有为我的话打动，只是问道：“唉，也是一样的病哪，真可怜。那位是多大年纪去世的？”

我拿她没办法，就不管母亲，直接去跟父亲说。

父亲倒比母亲听得认真，他说："真是这么回事，你说得一点不错。不过我的身体毕竟是我自己的，所以怎么个调养法，根据多年的经验，应该还是我自己最清楚的了。"听了这话，母亲苦笑了一下，说："你看看。"

"可是爸爸自己也意识到了呀，我这次毕业回家他特别高兴，也完全是这个缘故。他本来以为活着看不到我毕业了，现在我拿来了文凭，他还好好的，所以他高兴。是他自己这么说的。"

"那是，唉，只是他嘴上这么说，可心里觉得还是不要紧。"

"是吗？"

"他自以为还能活十年二十年哪。可是有时说的话又叫我担心。他说看这样子我也活不久了，我要死了你怎么办？想一个人在这个家里待下去吗？"

我突然想象着这个古老宽敞的农舍里父亲死后只留下母亲一人时的情景。这个家要是去掉了父亲，还能继续存在下去吗？哥哥会怎么办？母亲又会说什么？我惦记着这些，又还能离开这块土地在东京愉快地生活下去吗？面对着母亲，我突然想起了先生提醒我的话——趁着父亲还健在，把要分的东西先分到手。

“其实呀，自己老是说快要死的人都没有死过，所以倒放心。你爸他也老是说要死了要死了，但以后也许还能活不少年呢。那些默不作声的健康人我看倒危险。”

我默默地听着母亲这些不知是出于逻辑还是出于统计的迂腐话。

三

父母亲商量要烧红米饭[①]为我请一次客。我从回来的那天起，心里就一直在暗暗担心这件事，于是马上拒绝道：

“不要太张罗了吧。”

我很讨厌乡下的客人，这些人尽是些好事的人，

---

① 日人习俗，有喜庆事时，要烧红米饭。

他们来的最终目的无非就是大吃大喝一顿。我从小就对陪他们吃酒席感到厌烦，更何况现在他们是为了自己而来，可以想象我的苦恼就更深一层了。但是我在父母的面前又难以开口要他们不要邀集一些那么粗野的人来大吵大闹。所以我只是坚持说这样太张罗了。

“什么张罗不张罗的，一点也不张罗。一生中就这么一回，请个客是理所当然的。不要那么心多过虑。”

母亲把我大学毕业看得同娶媳妇一样重。

“不请也可以，但那样人家又要说闲话了。”

父亲这么说。他担心人家背后说闲话。确实，在这种场合如果不如他们的意，他们马上就会说三道四。

“乡下很讨厌，不像在东京。”父亲又说道。

“也有你爸爸的面子关系。”母亲也添了一句。

我不能再固执己见了，心想还是随二位老人的便吧。

“我只是说，如果为我，那就算了。如果你们怕别人背后说闲话，那就又当别论了。对二位老人家不利的事，我也不好硬坚持。”

“不要这样咬文嚼字了。”父亲不悦地说道。

“你爸可不是说完全不是为了你，不过你也得懂点人情世故了。”

母亲到底是个女人，一到这种时候说起来就不着边际。那个唠叨劲儿，连父亲和我加起来都无论如何也赶不上的。

“人一让他读几句书，就喜欢咬文嚼字！”

父亲只说了这么一句，但我就从这一句话里看出了父亲平时对我的全部不满情绪。我那时没有注意到自己说话的生硬，只对父亲的不满感到纳闷儿。

那天晚上父亲又心平气和地问我，要请客的话哪一天合适。每天只是在老家吃吃睡睡的我，本没有什么合适不合适的问题，父亲拿这样的问题来问我，就跟他让了步一样。在慈祥的父亲面前，我心悦诚服地低了头，和父亲商定了请客的日子。

在这日子还没到来之前，发生了一件大事。那就是明治天皇有恙的报道。这件事通过报纸立刻传遍了全日本，也把一个农家里经过一些周折才商定了的毕业酒吹得烟消云散了。

“还是回避一下的好。”

戴着眼镜看了报纸的父亲这样说。他好像在默默地想着自己的病。我也想起了像往年一样驾幸前不久的毕业典礼的天皇陛下。

四

由于人口不多而显得很宽敞的老家寂静无声，我打开箱子翻看起书来。可不知为什么我总定不下心。倒是在熙熙攘攘的东京寄宿处的二楼上，一边听着远处通过的电车的声响，一边一页页地翻阅书本，反而能全神贯注地轻松愉快地学习。

我不时趴在桌子上打瞌睡，有时索性拿出枕头来正儿八经地睡午觉。一觉醒来听到知了的叫声，像是从梦幻中传来的那个声音，烦人地骚动着我的耳鼓。我凝神听着这声音，心里感到一阵悲戚。

我提起笔来给一些朋友写了简短的明信片或长信。这些朋友有的留在东京，有的回到了遥远的家乡，有的来了回信，有的杳无音信。我当然没有忘记先生，我就自己回家后的情况用蝇头小字写了三页稿纸，准备寄给先生。我封信时，心里又怀疑，先生现在到底在不在东京呢？他和夫人一起离家外出时，常常有位五十上下的梳着短垂发的老妇人来替他们看家。我曾经问过先生那是什么人，先生反问我像他什么人。我把她错当成了先生的亲戚，先生说："我是没有亲戚的。"先生跟他家乡的亲戚们一向不通音问。那个看门的老妇人跟先生非亲非故，而是夫人的亲戚。我给先生发信时，忽然想起了这个将窄窄的腰带随便在后面打个结的女人。我揣想着，这封信送到时，如果先生夫妇已经到什么地方去避暑了的话，那位短垂发的老太太是否有这点机灵和热心把它立刻转送到先生那儿？尽管我知道这信里也没写什么特别要紧的事。只是我闲得慌，期望着先生给我回信。但是回信终于没有来。

父亲不像我上次冬天回来时那么喜欢下棋了。棋盘上积满了灰尘，被丢在壁龛的角落里。尤其是天皇陛下欠安后，父亲成天好像都在想着什么。每天等着报纸送来，他就抢先看，然后特意将他看过的消息拿来给我看。

"喂，你看，今天又详细地登了天子的消息。"

父亲常把天皇陛下称作天子。

“说句不该的话，天子的龙恙跟我的病很相像哪。”

说着，父亲的脸上笼罩着愁云，我听了也有些担心起来，不知父亲什么时候会再倒下。

“不过不要紧吧。像我这种没用的人也还能这么着呢。”

父亲一边给自己的健康下保证，一边又好像预感到了危险不久就要降临自己的头上。

“爸爸真的担心着自己的病呢，不像是妈妈所说的那样他还打算活十年二十年的。”

母亲听了我的话露出了愁容。

“你劝他再下下棋吧。”

我从壁龛上取出棋盘，抹去了灰尘。

五

父亲的身体渐渐地衰弱了。曾经使我吃惊的缝着手帕的旧草帽自然被搁置起来了，每当我端详这顶放在熏得乌黑的搁板上面的草帽时，心里就对父亲产生一种怜悯的感觉。父亲像以前那样做轻微活动的时候，我总是担心地希望他要再小心一点。当父亲成天都坐着的时候，我觉得他的身体真是不如以前了。我常和母亲谈论父亲的健康情况。

“全是心理作用。”母亲说，她正把天皇陛下的病跟父亲的病连在一起想。我不认为全是这样。

“不是心理作用，大概真是身体不行了吧。看来他的健康比心情更糟。”

我说着，心里又盘算着是不是要到远处去请个高明些的医生来给他看看。

“今年夏天你也觉得没趣吧。好容易毕业了回来，想庆贺一下也没庆贺成，爸爸的身体又成了这个样子，再加上还有天子的龙恙。索性你一回来就请客倒好了。”

我回来时是七月五号或者六号，父母亲商量请毕业酒是一星期以后的事了。等把日期决定下来又过了一个多星期。我回到了不受时间束缚的悠忽的农村，就像从讨厌的社交烦恼中解脱了出来，可是不理解我的母亲，似乎一点也没有注意到这一点。

驾崩的消息传来时，父亲手里拿着报纸唉声连连。

“唉，唉，天子也终于辞世了。我也……”

父亲后面的话没说完。

我到街上去买来黑绸，把旗杆上的球包上，并在旗杆头上系了条三寸宽的飘带，把旗插在大门边斜斜地伸向街上。旗和黑飘带都在无风的空气中没精打采地垂挂着。我家破旧大门上的屋顶是稻草葺的，由于风吹雨打，稻草的颜色早已变成浅灰，而且到处都可看到坑坑洼洼的。我独自一人走出大门，望着这黑色的飘带、白色的旗布和白地上染出来的圆圆的红日，望着它们掩映在不太干净的屋顶的稻草下。我想起先生曾经问过我：“你们家房子的结构是什么式样的？跟我家乡的风格大不相同吧？”我既想让先生看看自己出生的这幢旧房子，又觉得不好意思让他看。

我又独自一人走进屋内，来到书桌旁一边看报，一边想象着遥远的东京的情景。我的想象集中在日本第一大城市在怎样的黑暗中如何活动这一画面上。在这黑暗但又非动不可的都市的动荡不安中，我看到先生的家有如一点灯火。这时我根本没有意识到这点灯火在无声无息的旋涡中自然地也被卷了进去，也根本没有意识到它正面临着不久就必然要熄灭的命运。

我提起笔想要给先生写封信，讲讲这件事情。但是写了十来行就不想写了，已经写了的也撕碎扔进了字纸篓。(因为我想就是给先生写这种事情也没什么用，而且从上次的情况来看，也不像会有回信的样子。)我太寂寞了，所以才写信，才盼望有回信的。

六

八月中旬，我收到一个朋友的来信，信上说有一个地方上的中学教师差事，问我去不去。这个朋友出于经济上的需要，自己在找这样的工作干。他说的这个差事原先是为他自己找的，但他又谈好了另外一个更好的地方，所以想把这个多出来的位置让给我，这才特地来信告诉我的。我立刻回信拒绝了，并告诉他，朋友中间有好多人都在千方百计地寻求教师的位置，可以写信去问问他们。

我把回信发出后，才跟父母亲说起这个事，他们好像对我的拒绝都没有什么反对的表示。

“不到那样的地方去也罢，好差事还会有的。”

从这话里我听出了他们两人对我寄托着过分的希望。不通世故的父母亲似乎期待着我这个刚从学校毕业的儿子会取得与我不相称的地位和收入。

“好差事？近来可很难有这种好差事了。特别是哥哥和我专业不同，时代也不一样了，所以把我们两人想的一样，可伤脑筋。”

“可是既然毕业了，至少就该独立干点什么了，不然我们也伤脑筋。要是人家问起来你家老二大学毕业后在干些什么呀，我回答不出，那我的面子也丢尽了。”

父亲愁眉苦脸，他的想法不可能超脱这个住惯了的古老农村的想法。他常听村里的这人那人问他大学毕业后每月能拿多少钱，百把块钱能有吧等，所以想要刚毕业的我设法找个工作，在这些人面前名声好听些。考虑问题总是从城市的角度出发的我，在父母亲看来，简直就是一个悬空走路的怪人。我自己确实也常常觉得像是那样的人。我在父母的面前默默不语，他们同我的距离是那样地大，使得我无法把自己的想法明明白白地告诉他们。

“你不能拜托一下你常叫他先生先生的那个人吗，在这样的时候？”

母亲除此以外，无法理解先生。但先生是劝我回家后趁父亲健在时早些把财产分到手的人，而不是那种学生毕业后帮他们找工作的人。

“那个先生是干什么的？”父亲问道。

“什么事也不做。”我答道。

我记得我早就跟父母亲说过先生什么事也不做的了，父亲应该还记得。

“什么事也不做，这又是为什么呀？既然是你那么尊敬的人，应该是个干什么大事的人吧。”

父亲讽刺地说道。按父亲的想法，有用的人都必须到社会上工作，获得相当的地位。因此，他的结论似乎是先生毕竟是个废物，所以闲着不做事。

“就连我这样的人吧，虽然不拿工资，但也没老闲着不做事。”

父亲说道。我还是不说话。

“要是像你说的那样了不起，肯定能给你找个差事的，你求过他吗？”母亲问。

“没有。”我答道。

“那就没办法了，为啥不求求看呢？写封信也可以的呀。

“噢。”

我模棱两可地答着走开了。

七

父亲显然在担心着自己的病。但是他并没有在每次医生来的时候拿些没完没了的问题去烦人家。医生也是小心地什么也不说。

父亲似乎在考虑自己身后之事，至少是在想象自己不在后家里会是什么样子。

“让孩子读书，有好处也有坏处。好不容易让他读了书，他就不再回来了。这不好像就是专为父子分离才让孩子去读书的？”

读了书的结果，现在哥哥远在他乡。也是因为受了教育，我又决定住在东京。养大的孩子都是这样，也难怪他要发牢骚。想到在这世代居住的农舍里就要剩下母亲一个人时，父亲当然觉得很凄凉。

父亲坚信自己的家是不能动的。住在这个家里的母亲在有生之年也是不会动的。他死后丢下我孤独的母亲一人在这空荡荡的房子里，父亲是极不放心的。尽管如此，父亲仍然硬要我在东京谋个好职位，他的思想是很矛盾的。我觉得这个矛盾很可笑，同时也为自己还能再去东京而感到很高兴。

我不得不在父母亲面前装出好像在尽一切努力寻找这样的职位的样子。我给先生写信，详细地讲了家里的情况，并拜托，如果有我力所能及的事，什么都行，请给我介绍一下。我心里虽然想，先生大概是不会理睬我的请求的，但我还是写了。而且明知即使先生肯理睬，交游面极小的他也不会有什么办法，但我还是写了。我想这封信去先生一定会有回信来。

发信前我对母亲说：

“我给先生写了信，照您说的那样写的，您看看吧。”

母亲果然如我估计的那样没有看。

“是吗？那快点寄去，这种事即使旁人不提醒，自己也早该做了。”

母亲还把我看成是个孩子。我也的确觉得自己像个孩子。

“可是写信还不一定管用，非得九月份我到东京去以后才有办法。”

“你说得倒也是。不过说不定有什么好差事呢？最好还是早点先托好人。”

“是的，反正会有回信来的，到时再说吧。”

碰上这样的事，我很相信认真负责的先生，我翘首盼望着他的回信。但是我的希望终于落了空，过了一个星期先生还是音信全无。

“大概是到什么地方避暑去了。”

我不得不向母亲说些解释性的话。其实这不光是对母亲解释，也是对自己的内心解释，要是不假设一些情况来为先生的态度辩护，我心里觉得不安。

我有时忘记了父亲的病，想干脆早些去东京。就是父亲自己也有时忘记自己的病，尽管担心着自己的将来，但对将来却一点安排也没有。我终于一直没有机会按照先生的嘱咐跟父亲谈分财产的事。

八

到了九月初，我终于又要去东京了。我跟父亲商量暂时还按以往那样给我寄费用。

“老在这里待着是得不到您说的那样的职位的。”我对父亲说，去东京是为了谋取父亲所希望的职位。

“当然，只要寄到我找到事做的时候就行了。”我又说。

我心里在想，这差事反正是不会落到我头上来的。但是不通世故的父亲却始终想得跟我相反。

“反正时间不很长，我给你想办法寄去就是了。可是不能太久，一有了不错的职位就要靠自己了。本来嘛，只要一出学校，从第二天起就不该再靠别人照顾了。现在的年轻人呀，光知道怎么花钱，却一点也不考虑考虑怎么挣钱。”

父亲还说了不少牢骚话，还说什么“以前父母都是吃孩子的，可现在父母只有被孩子吃的了”等，这些我只是默默地听着。

我想牢骚大概发完了吧，便悄悄地准备离开。父亲又问我什么时候走。对我来说是越早越好。

“要你妈妈看个日子吧。”

“好的。”

这时我在父亲面前格外地老实，我想在离开家乡之前尽量不让父亲生气。父亲又把我叫住，说道：

“你走后家里又会冷清起来，因为只剩我和你妈两人了。而我呢，要是身体行还好，可要是照现在这样下去，说不定什么时候又会突然怎样了。”

我尽量安慰了父亲，回到自己的书桌边。我坐在翻得很凌乱的书堆中，反反复复地回想着心中不安的父亲的神态和话语。这时我又听到了知了的叫声，那叫声跟前些时候的不一样，已是寒蝉在叫。夏天我回到家乡，每天都在令人烦躁的蝉声中凝坐，心里老是觉得异常地悲伤。我常常感到自己的哀愁随着这刺耳的虫鸣一直渗透到心底。这种时刻我总是一动也不动，独自凝视着自己。

今年夏天回家以后，我的哀愁逐渐地有所改变了。如同秋蝉的叫声变成寒蝉的叫声一样，我周围的人的命运也好似在轮回转生的巨大循环中慢慢地运动。我一面反复想着寂寞的父亲的神态和话语，同时又想起了写了信去仍不回信的先生。先生和父亲给我的是两个截然相反的印象，由于这一点，不管是比较起来还是联想起来，都容易同时出现在我的头脑中。

我对父亲的一切几乎了如指掌，如果从父亲身边离开，那我心里留下的只是父子的深情。先生的许多情况我还不了解，说起来我还一直没有机会听他说起他答应要告诉我的他过去的经历。总之，先生对我来说还是半明半暗的，我不跨过这片黑暗，弄得心里亮堂，就觉得不舒坦。跟先生断了联系对我是一个极大的痛苦。我要母亲看了日子，决定了去东京的日期。

九

就在我即将动身的时候（大概是两天前的傍晚），父亲突然又晕倒了。我当时正在捆扎装着书籍和衣服的箱子。父亲在洗澡，去给父亲擦背的母亲大声地呼唤我，我跑去一看，父亲光着身子被母亲从后面抱着。但是等把父亲弄回到客厅时，他说不要紧了。我不放心，一直坐在枕头边给他敷湿毛巾降温。到了晚上九点才算在形式上吃了点晚饭。

第二天父亲的气色要比想象的好得多，他还不顾阻拦自己走着上了厕所。

“不要紧了。”

父亲又重复起去年年底摔倒时跟我说过的同样的话来，那时倒的确像他说的那样不要紧。我想这一次也许又会那样，但是医生只是叮嘱说要当心，我再问他，也不肯说清楚到底是怎么回事。我心里很担心，到了动身的日子也终于没心思去东京了。

“等看看情况以后再走吧。”我跟母亲商量。

“这样好。”母亲说。

母亲只在看到父亲能去院子、能去门口时才放下心来，一旦出了这样的事，就不必要地过分担心和焦急了。

“你今天不是要去东京吗？”父亲问。

“是的，又推迟了几天。”我回答说。

“是为了我吗？”父亲又问道。

我犹豫了一下，要说是吧，不正好说明父亲的病很重吗？我不想让父亲神经过敏。但是父亲好像看透了我的心事。

“真难为你了。”他说着，面朝向院子。

我走进自己房间，望着箱子出神。箱子捆得严严实实的，随时都可以带着上路。我愣愣地站在箱子面前，心想是不是要把它解开呢？

我坐立不安地又过了三四天。父亲又晕倒了，医生命令他绝对不能起床。

“这是怎么回事呀。”母亲小声对我说，不让父亲听见。她的神色看来十分担忧。我准备给哥哥和妹妹打电报。但是躺在床上的父亲却一点也不觉得痛苦，听他说话的声音，就跟得了感冒一样。而且食欲比平时还好，旁边的人提醒他不要吃多了，他也不太肯听。

“反正要死的，不多吃点好东西死了也不甘心。”

父亲说了“好东西”这个词，我听起来觉得又好笑又伤心。父亲住的地方不是能够吃到好东西的京城，到晚上母亲只能烤点黏糕片，给他咯吱咯吱地啃。

“他为什么嗜吃得这么厉害呀？也许身子骨还是蛮硬朗的。”

本是叫人担忧的事，母亲反而寄托着希望。她把只有在生病时才使用的“嗜吃”这个老词儿用在什么都要吃这个意义上。

伯父来探望时，父亲老把他留着不放他回去。虽然一个重要的原因是他太寂寞了要他陪着，但向伯父诉说母亲和我不让他把想吃的东西吃个够，可能也是目的之一。

十

父亲的病不好不坏地拖了一个多星期。这期间我给在九州的哥哥去了一封长信，妹妹那边是母亲要发的。我心里想，这大概是给他们两人报告父亲健康情况的最后一封信了。因此在给他们的信中都说了到万一的时候就打电报去，要他们回来。

哥哥工作很忙，妹妹正怀孕。所以不到父亲的危险迫在眉睫，是不能随便叫他们回来的。但是，如果他们特意赶回来却没见上一面，那也太难过了。所以什么时候该打电报，我感到有一种别人难以了解的责任。

“要说得很准确我也难说，不过我希望你有个思想准备，危险说不定什么时候就会来。”

从有车站的镇上请来的医生对我这么说道。我跟母亲商量了一下，托那位医生帮我们从镇上的医院里请来了一个护士。父亲看到穿着白衣服到他床边来问候的女人，脸色有些异样。

父亲早就意识到自己得的是不治之症，然而他还没有意识到死期已迫在眼前。

“等这回病好了再到东京去玩一次。人不知道什么时候就会死，所以要想做什么事，就只有趁活着的时候赶快做。”

母亲只好随声附和道:“到时候也带着我一起去吧。”

有时他又很伤感。

“我要是死了，你要好好照顾你妈。”

听到父亲的“我要是死了”这句话，我又记起了一件事。在离开东京前我毕业的那天晚上，先生对夫人说了好几遍这个话。我脑子里出现了两张脸，一个是面带笑容的先生，另一个是认为不吉利而不愿意听的夫人。当时先生说的“我要是死了”纯粹是假设，而我现在听到的却是不知何时就要发生的事实。我学不了夫人对先生的那种态度，在说话上还得设法给父亲排解排解。

“您别说那种丧气话，刚才您不是还说病好了要去东京玩吗？跟妈妈一块去。您这次去一定会吓一跳，都变了样了，光新增加的电车线路就有好多。通了电车，街道当然就要变，市区也重新整顿了，东京可以说是一天里没有一分钟是不变的。”

我没办法，只好有说没说地说上几句。父亲却好像听得很有兴致。

因为家里有病人，所以进进出出的人自然也就多起来。附近的亲戚们，大约每两天就有一个人轮流来看望父亲。其中有的是住得较远平时都不太来往的人。也有的看望后说：“这个样子看来还不要紧，说话也很自如，脸也一点没瘦。”我回来时太过于安静了的家，因此渐渐地热闹起来。

这期间父亲躺着不动，他的病渐渐地越来越糟了。我跟母亲和伯父商量了一下，终于给哥哥和妹妹打了电报。哥哥马上回电说立刻就来，妹夫那里也来电说即刻动身。妹夫早已来信说过，妹妹前一次怀孕流产了，这回要让她好好保胎，免得成为习惯性流产。所以他可能会代替妹妹来。

十一

就在这一段不得安宁的日子里，我还是有静坐下来的时间，有时甚至还有能翻开书看上十来页的时间。我的捆得结结实实的箱子，不知什么时候又打开了，任凭自己的需要一件一件地拿了出来。我回顾了一下离开东京时心里计划今年夏天要做的事，现在已经做了的还不到其中的三分之一。这以前我已经有好几次这样的不愉快。但是很少像今年夏天这样不能按自己的意思做事。尽管觉得这可能是人世之常，却排遣不了厌烦的心绪。

我坐在这种不快的气氛里，想着父亲的病，想着父亲的身后之事，同时又想起先生。我在这不快的心绪的两头看到了地位、教育和性格迥异的两个面庞。

我离开父亲的病榻，独自在零乱的书堆中间抱着胳膊沉思。这时母亲来了。

“睡会儿午觉吧，你一定也累坏了。”

母亲不理解我的心情，我也不再是母亲眼里的孩子了。我简单地道了声谢，但母亲仍站在房门口没走。

“爸爸怎么样了？”我问道。

“现在睡得挺好。”母亲答道。

母亲突然走进来坐在我的旁边，问道：

“先生那儿还没什么回信吗？”

母亲一直相信我那时说的话，那时我跟母亲保证说先生一定会回信的。但是那时我企盼的决不是父母亲所希望的那种回信。结果我简直就像是存心欺骗母亲一样。

“再写封信去看看。”母亲说。

只要能给母亲安慰，不管要我写多少没用的信，我都不会怕麻烦的。但是为这样的事去逼迫先生，对我来说是个痛苦。挨父亲的骂，得罪母亲我都不怕，但是最怕先生瞧不起我。我甚至在胡乱猜疑，上次拜托的事到现在还得不到回信，说不定就是这个缘故吧。

“写信是可以的，但这种事信里讲不清楚，非得自己到东京去到处托人不可。”

“可现在你爸爸是这个样子，谁知道你什么时候去得了东京呢？”

“所以我不去嘛。不管病能不能好，在不知道结果之前，我打算就这么安下心来待着。”

“这是不用说的。谁能丢下这么个难以见好的重病人随随便便地跑到东京去呢？”

我开始在心里怜恤起什么也不知道的母亲来了。但是我不明白母亲为什么在这乱糟糟的时候提出这个问题来。我怀疑是不是就像我有把父亲的病丢在一边静静地坐着或者看书的裕余一样，母亲心里也有忘记眼前的病人，专注于别的事情的闲情。“我说呀。”这时母亲又说起话来。

“我是想在你爸还在世时你把工作找好，你爸或许会安心些。看这个样子，大概是来不及了，不过你要是能在这个时候工作有个着落他心里也落实，所以你要尽尽孝心，让你爸在这个时候高兴高兴。”

可怜的我却处于尽不了孝心的状态，我终于一个字也没给先生写去。

十二

哥哥回来时，父亲正躺着看报。父亲平时就有这样的习惯，别的事情都不要紧，唯有报纸是一定要看的。躺倒后寂寞得慌，就更想看报纸了。母亲和我都不硬去阻拦他，尽量让病人想干什么就干什么。

“精神这样好就不要紧了。我来的时候还以为很糟呢，这不是挺好嘛。”

哥哥这么说着跟父亲聊天，他说话时那个过分热烈的劲儿我听起来觉得很不协调。但是他离开父亲跟我对面坐着的时候，说话的调子却很阴沉。

“不该再让他看报呀。”

“我也这么想，可是不让他看他不答应，没办法。”

哥哥默默地听着我的辩解，过了一会儿又问道：“他都懂吗？”哥哥似乎察觉到父亲的理解能力由于生病的缘故比平时迟钝多了。

“这没错，我刚才在床边坐了二十多分钟，跟他说了不少话，没有一点糊涂的地方。看那样子也许还能支持一阵呢。”

紧跟在哥哥后面到的妹夫的看法比我们乐观多了。父亲向他打听了许多妹妹的情况，说：“她的身子要紧，还是不要随便让她坐火车颠簸的好，硬要她来看我，反而让我担心。”又说：“不要紧，等病好了，我到你们那里去看看小外孙，我好久没去你们那里了。”

乃木大将[1]死时，父亲最先从报纸上看到了。

“不得了，不得了。”他说。

我们都不知道，突然听到他的话都吓了一跳。

“当时我以为他终于神志不清了，吓了一跳。”过后哥哥对我说。“我也着实吃了一惊。”妹夫的话也有同感。

那时的报纸的确每天都是乡下人等着要看的消息。我坐在父亲的床边，仔细地读那些消息。没时间看的时候，我就悄悄把报纸拿到自己的房间里，从头到尾

---

① 乃木希典，明治天皇的宠臣。因在1877年的西南战争中丢了军旗，想自杀，天皇不准。明治天皇死后，他和妻子一起剖腹自杀。

看一遍。在好长一段时间里，我都忘不了穿着军服的乃木大将和他的穿着宫女一样服装的夫人的样子。

当悲痛的旋风吹到乡村的每一个角落，摇撼着似要进入沉睡的树木和野草的时候，我突然收到先生打来的一封电报。在这个看到穿西装的人狗都要叫的地方，一封电报也是一件大事了。拿到电报的母亲果然十分吃惊地特地把我叫到了没人的地方。

“是什么事？”母亲问，站在一边等着我拆开看。

电报上的意思很简单，说是想要见见我，问我能不能去。我寻思起来。

“一定是你求他找差事的事。”母亲猜测说。

我也觉得说不定是这样，但又觉得这样的话有些奇怪。特地把哥哥和妹夫都叫了来，总不能我自己倒丢下父亲的病不管，跑到东京去。我和母亲商量了一下，回了个电报，说不能去。电报上尽量简略地把父亲病危的情况说了说，但仍然不放心，又详详细细地写了封信，在同一天里发了出去。深信是托先生谋职位的事的母亲，显出遗憾的样子说：“这个时候太不巧了，真没办法。”

十三

我写的信很长，母亲和我都以为这次先生肯定会有回信来了。谁知信寄出后两天，我又收到一个电报，上面只是说不来也可以。我把它给母亲看。

“大概是打算写信来告诉你什么事了吧。”

母亲总是把先生看作是在为我的衣食而奔波。我也以为可能如此，但从先生平时的为人来看，又觉得很奇怪。“先生给我找差事？”我总觉得不大可能。

“我的信先生还不会收到，这个电报肯定是在信到之前打的。”

我对母亲说了这么个显而易见的道理。母亲一本正经地想了想，回答说：“是呀。”明知先生看到我的信之前就打了电报，这对于解释先生的想法是毫无作用的。

这一天正好是主治医生要从镇上把医院院长请来，所以母亲和我就再也没有机会谈起这一桩事了。两位医生经过会诊，给病人灌了肠就走了。

父亲自从遵照医嘱静卧以来，大小便都是躺着由别人端的。爱干净的父亲一开始非常不愿意，但是身体不灵便，所以也只好将就着在床上解手了。大概是由于生病的关系，反应越来越迟钝，日子一长就对这种躺着解手的事不在意了。有时把被褥弄脏了，旁边的人都皱起了眉头，可他本人反倒满不在乎的。由于得这种病，每次的尿量极少，医生很发愁。食欲也日趋减退，偶尔想吃些什么，也光是嘴里想吃，能咽下去的只极少一点点。连喜欢看的报纸也没气力拿了，放在枕头边的老花眼镜一直装在黑眼镜盒里。从小就跟他要好的阿作大爷，打好几里路远的住地来看望他时，父亲只是说了声“是阿作呀”，就用混浊的眼光望着他。

“阿作你来得好，你这么结实真叫人羡慕呀，我可不行了。”

“你说哪里去了。两个孩子都已大学毕业，你稍稍得了点病有什么可埋怨的。你看看我，老伴死了，孩子也没有，就这么一个人活着。身体虽好可没一点快乐呀。”

灌肠是阿作大爷来看望过后两三天的事。父亲很高兴，说多亏医生，现在觉得舒服多了。他好像对自己的寿命又有了点信心，又快活起来了。不知是受父亲情绪的影响，还是想给病人冲冲喜，在一边的母亲就把先生来电报的事跟父亲说了，说得好像我的职位已经如父亲所希望的那样在东京定下来了一样。在一边的我急了起来，但又不能制止她说，只好默默地听着。病人脸上显出了高兴的神色。

“那不错。”妹夫也说道。

“什么差事知道了吗？”哥哥问。

到了这个地步我也没有勇气去否认了，就含糊其词地答了几句连自己也不知所云的话，然后有意地走开了。

十四

父亲的病看上去已经到了最后的关头，好像已在弥留时期。一家人每夜都带着不安的情绪上床，担心命运的宣判随时都会到来。

父亲一点也感觉不到使周围的人难受的痛苦，这一点倒是使护理他的人很轻松。为了防止意外，轮流有一个人守夜，其他人都可以各自上床睡一段时间。有一次由于一点事睡不着觉，我误以为隐约听到了父亲在呻吟，就半夜爬起床到父亲床边去看了看。那天轮到母亲守夜，可是母亲枕着胳膊睡着了。父亲也好像是一个被带进了沉睡之中的人一样，静静地不出一点声。于是我又蹑手蹑脚地回到了自己的床上。

我和哥哥睡在一张蚊帐里，只有妹夫大概是被当作客人来招待的，一个人在隔得远一些的堂屋里休息。

“阿关也难为他了，给拖在这里这么多天，回也回不去。”

阿关是妹夫的名字。

“可是他反正又没有什么事，还是可以再待些时候的吧。倒是哥哥很伤脑筋，这么拖下去的话。”

“伤脑筋也没办法，这不是别的事。”

我和哥哥并排躺着，说起话来。哥哥的脑子里和我的心里，都在想父亲的病反正是没救的了，甚至觉得如果反正没救了的话……我们是作为儿子在等待着父亲的去世，但是作为儿子的我们不愿意把它说穿了。我们互相都理解对方在想着什么。

“爸爸好像以为还会好呢。”哥哥对我说。

确实，父亲看上去就如哥哥所说的那样，街坊邻居来看望时，他执意地都要见见。见到人家，他都要为没能为庆祝我毕业请客表示遗憾，有时还要加上说等自己病好了一定再请。

“你的毕业酒没请成很好，我那个时候真是烦透了。”哥哥的话又勾起了我的记忆。我想起了那时人们被酒灌醉了的乱七八糟的样子，苦笑了一下。眼前还浮现了父亲到处劝酒劝菜的神态。

我们弟兄俩的关系并不很融洽，小时候老打架，年龄小的我总是被打哭。进学校后我们学的专业不同，也完全是因为性格不同的缘故。在大学的时候，特别是和先生接触以后，我远远地观察哥哥，常觉得他缺少人的情感。我很久没见哥哥了，又加上他身在远方，所以从时间来说也好，从距离来说也好，哥哥都离我很远。然而时隔很久又相遇在一起，兄弟之间自然就生出一种亲热感。情况特殊也是一个很大的原因。两人是一父所生，就在父亲将要去世的床边，哥哥和我握手言欢了。

“你以后干什么？”哥哥问。我却向哥哥问了一个完全不同的问题：

“家里的财产到底怎么办？”

“我不知道，爸爸什么也没说。可是那点财产，换成钱也是有限的吧。”

母亲又不一样，她在为先生不来信发愁。

“还没来信吗？”她催问我说。

十五

“老是先生先生的，到底是在说谁呀？”哥哥问。

“上次不是说过了吗？”我回答说。我对哥哥有些不快起来，他自己问过，却又很快把别人的话忘了。

“听是听你说过了，可是……”

哥哥的意思是听了也不明白。在我看来也没有必要非要让哥哥理解先生不可。但是我很生气，心想他老毛病又犯了。

哥哥认为既然我那么尊敬地称呼为先生，这个人必定是个著名人士，至少是大学教授一类的人物。既无名气，又啥事也不干，这样的人有什么值得尊敬的？哥哥的想法在这一点上同父亲完全一样。只不过父亲认为是什么也干不了所以闲着，而哥哥的口气似乎是说，虽然有能力做事却悠闲自在地过日子，这种人肯定是个不长进的人。

“利己主义者可要不得呀，活着什么事也不干就是存心偷懒。人必须尽量地发挥自己所有的才能才是。”

我直想反问他是不是懂得自己说的利己主义者的含义。

“不过靠着他你能谋到个职位，这倒还不错。爸爸不也很高兴嘛。”

哥哥后来又这么说道。只要先生不来信讲明情况，我就不能这么相信，也没勇气说出口。由于母亲以她的先入之见对大家都那么说，所以事到如今我也无法一下子来消除这个误会了。不用母亲催促，我自己也在盼望着先生的来信，并且暗暗希望信里要是能提到大家都关心的饭碗问题就好了。在濒死的父亲面前，在一直祈愿多少要让父亲安个心的母亲面前，在说什么不干活就不是人的哥哥面前，在妹夫、伯父和婶子等其他人面前，我不得不为自己那一点也不在乎的样子而感到烦恼。

父亲开始呕出一些奇怪的黄水时，我想起了先生和夫人曾经说过的危险。“在床上躺那么久了，胃肯定是要不好的。”母亲说。母亲什么也不懂，看着她这个样子，我差点掉下眼泪。

哥哥在饭厅里碰到我时问我：“听见了吗？”他是问我听没听见医生临走时跟他说的话。我不用等他说明，就很清楚他是指的什么。

“你愿不愿意回家来管管家里的事？”哥哥回头看着我，我什么也没回答。

“妈妈一个人是管不过来的。”哥哥又说，他似乎认为我就是老死在这个乡村里，也没什么可惜的。

“光是看书的话乡下也一样行，而且不必工作，这不正好吗？”

“按次序应该哥哥回来才对。”我说。

“我能干这种事吗？”哥哥一口回绝道，他心里充满着将要到社会上大干一番的热情。

“你要是不愿意，那就请伯父照料一下。不过妈妈就得跟着谁过了。”

“妈妈愿意不愿意离开这里还是个大问题呢。”

父亲还没有死，弟兄俩就这样谈论起父亲的身后之事了。

十六

父亲不时地说起胡话来了。

“对不起乃木大将，真是没脸见人。不，我也随后就来了。”

有时说这样的话。母亲害怕起来，尽量地想把大家都召集在床边。清醒时觉得非常寂寞的病人似乎也希望这样，尤其是屋子里看不到母亲的身影时，父亲必定要问：“阿光呢？”就是不问，他的眼神也表明了这一点。这时我常常起身去叫母亲，母亲丢下手里的活来到病人的房里问他有什么事时，父亲有时只是凝视着她不说话。有时说些风马牛不相及的话来。有时又突然对母亲说些亲切话，说：“阿光呀，给你也添了不少麻烦了。”母亲总是含着一眶泪水听着这些话，过后可能又对照地想起了父亲以前身体好的时候的态度。

“他说得真可怜哪，可是他以前多厉害呀。”

母亲说起她从前背上常挨父亲的扫把的事来，我和哥哥以前听她说过好几遍了，这次听起来心情又不同，母亲的话使人觉得像是对父亲的怀念。

父亲虽然已模糊地看到了死神的影子，但却不开口留下什么遗嘱。

“你说是不是要趁现在问问爸爸有什么话说？”哥哥看着我问。

“是呀。”我答道，由我们去提这样的问题，对病人是不是好呢？两个人决定不下就去跟伯父商量，伯父也有些拿不定主意。

“有要说的话而没说就死了，这是很遗憾的。不过由我们去催他，却也不好，唉！”

事情就这么搁下来了。这时，父亲开始昏睡起来。仍然什么也不懂的母亲误以为这是一般的睡觉，反而很高兴，说：“他能睡得这么香，旁边的人也省心了。”

父亲有时又睁开眼睛，突然问某人怎么样，问到的人一定都是刚才还坐在旁边的。父亲的神志有时模糊有时清醒，清醒的时刻就像缝在黑布上的白线一样，每隔一定的距离出现一次，怪不得母亲错把昏睡状态当成了一般的睡觉。

父亲的舌头也渐渐地不听使唤起来，想要说什么事，到最后就说不清了，所以听的人常常没听懂他说了些什么。尽管如此，他说起话来声音很大，不像是一个病危的人。我们跟他说话，都得提高嗓门把嘴巴凑到他的耳边才行。

“给你冷敷觉得舒服吗？”

“嗯。”

我跟护士一起给父亲换下冰枕，装进新的冰块，然后放在他的头上。我在父亲秃了的额头边轻轻按着那些冰块，让破碎后变得尖棱棱的冰块在袋中摆平。这时哥哥顺着走廊进来，默默地把一封信交给我。我用空着的左手接过信来，心里马上就发生了疑问。

这封信跟一般的比起来，分量要重得多，也不是装在普通的信封里，因为它不是普通的信封能装得下的。信用厚纸包着，并用糨糊仔细地粘着封口，我从哥哥手里接过来时，就立刻注意到它是用挂号寄来的，信的反面工工整整地写着先生的名字。我一时腾不开手，不能马上拆开看，就把它揣进了怀里。

十七

这一天病人的情况格外不好。我要上厕所，在走廊上碰见哥哥，他问我哪里去，那口气像哨兵喝问口令似的，他提醒道：

“今天的样子有点不好，你要尽量在旁边守着点。”

我想也是，怀里的信动也没动便又回到了病人房里。父亲睁开眼，问母亲边上站着的是些什么人。母亲便把名字一个一个地告诉他，母亲说一个他就点一下头。没点头时，母亲就提高嗓门再三地告诉他这是某某先生，问他听见了没有。

“真是给你们添好多麻烦。”

父亲说着，又陷入了昏睡状态。围在床边的人一时都没说话，静静地注视着病人，过了一会儿，其中有一个人站起来到隔壁屋里去了，接着又走了一个。我是第三个走出来的人，我终于回到自己的房里。我是想要打开刚才放在怀里的信看看才出来的。当然这在病人的床边也可以做到，但是这封信太长了，不可能在那里一气看完。所以我得特别抽出一个时间来看信。

我像乱扯一般撕开结实的包信纸，取出整整齐齐地写在格子纸上的像稿件一样的信来。信为了便于装封，折成了四折。我把有了折印的西洋纸反过来折了折，把它抚平，好看下去。

我心里很惊异：这么多的纸和写在上面的字将会告诉我什么事呢？与此同时我又挂念着病人。我心里很清楚，如果我开始看信，那在没看完之前父亲就会出事，至少会被哥哥或者母亲，再不就是伯父叫去，我无法安下心来读先生的信，只慌慌张张地看了第一页，上面写着这样的话：

“在你向我打听我的过去时，我没有勇气回答你，现在我相信在你的面前我有了明明白白地把它讲出来的自由，但是这个自由只不过是在等待你进京的期间内又会失去的世间一般的自由而已。因此，如果不在能够利用的时候利用这个自由，我就会永久失去把我的过去作为间接经验告诉你的机会。那样的话，我以前那么坚定地答应过你的话就成了一句空话。我不得不决定把应该讲给你听的事用笔给你写下来。”

看到这里我才明白先生为什么给我写这封长信。我一开始就相信关于我的饭碗，先生是不会操心费力来写信的。但是不喜欢动笔的先生为什么会想起把那事写得这么长，并寄来给我看呢？先生为什么不能等到我进京呢？

“因为有了自由所以把它讲出来。但是这个自由又必将永久地失去。”

我心里这么重复着，苦于不解其意。我突然不安起来，想要接着看下去。这时从病房那边传来哥哥大声叫我的声音，我吓了一跳站起来，通过走廊朝大家所在的地方跑去。我意识到父亲的最后时刻终于到了。

十八

病房里不知什么时候医生也来了，为了想尽可能让病人舒服些正试着给他灌肠。护士昨晚太劳累了，正在另外的屋子里睡觉。笨手笨脚的哥哥正搞得手忙脚乱的，一看到我就叫道："你来帮下忙。"自己却坐了下来。我替下了哥哥，把油纸放到父亲的屁股底下去。

父亲的样子舒坦了一点。在床边坐了半个多小时的医生，观察了灌肠的结果，说了声等会儿再来就走了，临走前还特意关照说如果有事就随时叫他。

我离开马上就会发生变故的病房，又想去看先生的信。但是我的心情一点也安定不下来，刚在书桌旁坐下，就好像又要被哥哥大声叫去。这次再叫的话一定是见最后一面了，一阵恐怖使得我的手发起抖来。我只是毫无意义地翻着先生的信，眼睛里看到的是一幅幅规规矩矩地嵌在方框里的字画。但是我没有时间去念它们，连挑着念的时间也没有。我一直翻到最后一页，正要把它们照原来的样子叠好放到桌子上，这时突然快到结尾的一句话跳进了我的眼里。

"等这封信落到你的手里时，我大概已经不在这个世上了，早已经死了。"

我吃了一惊，一直是乱糟糟的心里好像一下子凝住了似的。我又把信倒着往回翻，每页看上一句两句，倒着看下去。我想在这短暂的时间内知道我必须知道的事情，试图看透这些眼花缭乱的文字。此时我想知道的只是先生的安危。先生的过去，先生曾答应要告诉我的暗淡的过去，这对我来说毫无用处。我一边倒着翻信，一边焦躁地叠着这封长长的，不肯爽快地把我要知道的事情告诉我的信。

我又走到病房的门口去看看父亲的情况，病人的床边意外地安静，母亲坐在那里，带着失去了依靠似的疲惫的神色，我用手招呼母亲问她情况怎么样。母亲回答说："现在好像比较稳定了。"我走到父亲面前问他说："怎么样？灌了肠心里是不是舒服了些？"父亲点点头，清楚地说了声谢谢。父亲的神志非常清楚。

我离开病房又回到自己的房里，看着手表查起火车时刻表来。我突然站起身系好腰带，把先生的信塞进袖筒里，然后从后门走出去。我拼命地跑到医生家，想问清楚父亲是不是还能支持两三天，求他打针也好干什么也好，无论如何使父亲再支持一下。医生不巧没在家，但我没有待在这里等他回来的时间，也放不下心来。我立刻上了人力车急忙赶到车站。

我把纸贴着车站的墙壁，用铅笔给母亲和哥哥写了封信。信写得很简单，但总比不说一声就走好。我把它交给车夫，要他赶快给我送到家。我果断地跳上了去东京的火车。在汽笛轰鸣的三等车厢里，我又从袖筒中拿出信来，终于从头到尾看了一遍。

下　先生和遗书

一

“……今年夏天我收到了你两三封来信，记得在第二封信中你托我在东京谋一个适当的差事。当时我本打算想想办法，至少也得给你个回音。可是坦白说，对于你的委托，我根本没有使劲。你知道，与其说我的社交范围狭窄，不如说我是孑然一身地独自生活在这个世界上，我完全没有敢于去做这种努力的余地。但问题不在这里，说真的，我当时正在为不知该怎么处置自己而烦恼。就这样像被丢在活人中的木乃伊似的生存下去呢，还是……当时每当我想到这个‘还是……’，就要打个寒战。如同疾跑到悬岩的边缘，一眼望见深不可测的峡谷似的，我胆怯了；而且如同许多胆怯的人一样感到烦闷。遗憾得很，当时要说我根本没把你这样的人放在心上，是一点也不夸张的。进一步说，你的地位啦、糊口之资啦，对我来说毫无意义，怎么都行。我岂止是漠不关心，我将你的来信往信袋里一插，依然抱着胳膊在沉思：家里有相当的产业，何苦刚毕业就地位、地位地瞎折腾？我仅仅是带着一种苦涩的心情，向远方的你投去这么一瞥。我不给你回信会对不起你，为了向你说明，我把我的想法坦白告诉你。并不是为了使你恼怒而故意搬弄唐突的言辞。我相信你把信看下去就能理解我的本意了。本来我应该写信问候，却保持沉默，请你恕我怠慢之罪。

“后来我给你打了电报，说实话，当时我真想见你一面。按照你的愿望，给你讲讲我的过去。你回电说现在不能来东京，我失望地久久凝视着那封电报。看得出你打了电报还不放心，紧接着又写了封长信给我，对于你不能上京的原因我是充分了解了。我不能认为你是那种无礼的人或是别的什么。我怎么能够让你丢下你至亲的父亲的病于不顾，从家里跑出来呢？我这种不把你父亲的生死放在心上的态度才是最不恰当的——实际上，在我拍那封电报时，忘记了你父亲的事，虽然你在东京时，我还那样对你提过忠告，说你父亲的病是不治之症，得多加注意。我就是这样一个矛盾的人，或许与其说是我的头脑，不如说是我的过去沉重地压迫着我，结果使我变成了这么个矛盾的人。在这一点上，我对自己知道得很清楚，请务必原谅。

“我读着你的信——你的最后一封信的时候，我发现我干了蠢事了，想写封回信向你说明一下，但提起笔来，未写一行字又搁下了。我想，要写的话，就得写一封现在这样的信，而当时写这种信还为时过早，所以我就停笔了。我只是打了一个要你不必来的简单电报，也是由于这个缘故。

二

“以后我开始写这封信，平生没有拿惯笔的我，不能随心所欲地运笔来表述出事情的原委和我的思想，为此感到极端地痛苦。我差一点要放弃我对你的义务。但几次想作罢而放下笔，都没有成功，过不了一小时又产生了写下去的欲望。你看起来，也许是我重视履行义务的表现，我也并不否认。如你所知，我是一个与社会毫无交往的、孤独的人，环视一下自己的前后左右，这种能够称得上义务的东西，没有一处扎根。不知是故意还是无意，我就是这样尽可能地撙节度日。但不是因为我对义务冷淡而这样做的，与其说我冷淡还不如说我神经过分敏感，缺乏忍受丝毫刺激的能力，才像你所看到的那样，过着消沉颓废的生活。因此一旦事先跟你约定好了，如果不能践约，我心里就很不舒坦。哪怕是为了避免这种对你负疚的心情，我也必须把搁下了的笔重新拿起来。

“而且我想写，漫说义务，我也想写下自己的过去。我的过去只是我自己的经验，可以说只属于我个人。但不将它给予他人就死去，未免很可惜。我多少有这样一种心情。但是我认为，如果将它给予不能接受的人，莫如将我的经验和我的生命一起葬入坟墓。实际上假如不是有你这样一个人的话，也许我的过去就是我的过去，即使是间接地也成不了他人的镜鉴。在成千上万的日本人当中，我只愿意向你述说我的过去。因为你是个诚实正直的青年，因为你说过你想认真地从人生中吸取活的教训。

“我要毫无顾虑地向你投去一个黑暗人生的阴影，不要害怕，请你定睛凝视着这黑暗的东西，从中攫取对你有参考意义的东西。我所说的黑暗不待说是伦理上的黑暗；我生来就是一个讲伦理的人，也受过伦理的教养。那种伦理方面的认识，也许与现在的年轻人的思想大不一样。但不管有多大的差异，那是我自己的东西，而不是临时向脸上贴的金。因此，对今后前途无量的你来说，也许多少有几分参考价值。

“你一定还记得，对于现代的思想问题，你常对我发议论。你一定也了解我对这些问题的态度，我虽然不至于蔑视你的意见，但绝没有达到敬服的程度。这是因为你的想法既缺乏根据，你又太年轻，阅历太浅了。我时常发笑，你往往在我面前露出不十分满意的神色，到头来，你就催逼我，要我像展开一卷画卷一样把我的过去展现在你的面前。从那时起，我才开始打心里尊敬你了，因为我看到了你毫无顾虑地要从我身上捕捉人生奥秘的决心，你要剖开我的心，啜吸我的热血。那时我还活着，不想死，于是我推说另约他日，拒绝了你的要求。现在我想自己剖开自己的心，将我的热血洒在你的面前。当我的心脏停止了跳动的时候，如果在你的心中孕育了新的生命，我就满足了。

三

“我失去双亲是在我未满二十岁的时候，记得我妻子曾经跟你说过，两人是得同样的病死的。我妻子当时曾使你觉得很奇怪，的确，他们俩几乎可以说是同时地相继去世的。父亲患的是可怕的伤寒，并且传染给了一直守护在他身边的母亲。

“我是他们两人养育的唯一的男孩子。家里有相当的产业，我被养得颟颟顸顸。回顾我的过去，如果那时双亲没死，或者无论是父亲还是母亲至少有一位还活着，我大概还能始终保持那种颟颟顸顸的气质。

“父母去世后，我茫然若失地被丢在这个世界上，没有知识，缺乏经验，不辨是非。父亲死时，母亲已不可能在他身旁，母亲死时，连父亲已死都没让她知道。母亲是意识到了呢，还是她相信旁边的人说的父亲正在慢慢好起来呢？这一点不太清楚。母亲只是将一切后事都托付给了叔父。她指着当时在场的我说：

‘请好好看顾这孩子。’那以前我已得到父母的允许，去东京上学。母亲似乎还想顺便叮嘱这一件事，刚添了句：‘送他去东京……’叔父立刻接过话来答道：‘好的，请放心好了。’也许母亲体质很好，能忍耐得住高烧吧，因此叔父在我面前称赞母亲：‘你妈很清醒！’但这是否果真就是母亲的遗嘱，现在想起来也还是不明白。母亲自然是知道父亲患的那种可怕疾病的名字的，同时明白自己也传染上了。但母亲是不是相信自己一定会被这种病夺去生命，这一点看来还是很值得怀疑的。而且母亲在高烧之中说出来的话不管多么清晰、有条理，在她的记忆中丝毫也没留下一点印象，这种事也是常有的，因此……但这还不是主要的问题。只是从那时起，我就有了这样的习惯，把事物分解开来细细琢磨，或者翻来覆去地进行观察。我想这一点一开始就应该向你说明，作为实际例子来说，对于当前的问题没有大关系的这一番叙述，说不定反而很有作用，也请你按这样一种观念读下去。我想也许是这种性格从伦理上支配着我个人的行为和举动，后来我就越来越怀疑起他人的道德心来了。请你记住，这确实对我的烦闷和苦恼增添了很大的分量。

“话离开了本题，使你费解了，我们还是回到原来的话题吧。即便如此，我写这封长信，与和我处于同样地位的他人比较起来，或许还要心平气和一些。大地沉睡了，原来听得见的喧嚣的电车声也已消失，木板套窗外，可怜的小虫在低声吟唱，悄然地使人们想起这是一个挂满露珠的秋夜。一无所知的妻子在隔壁房里无忧无虑地酣睡。我紧握着笔，笔尖发出‘嚓、嚓、嚓’的声响，勾画出一字一句。我以宁静的心情面对着这张纸，因为笔头生疏，难免走了笔。但我并不是在浑浑噩噩地信笔乱画。

四

“总之，只剩下了我一个人，除了按照母亲的吩咐，依靠这个叔父外，别无他法。叔父将一切都应承下来，照顾着我的衣食住行，并且筹划着把我送到我向往的东京去念书。

“我来到东京，进了高中，那时高中的学生比现在的学生粗野多了，杀气腾腾的。我知道的就有：夜里有人和匠人吵架，以至于用木屐把对方的头部打伤。那是喝醉了酒起的事，结果在不顾一切的互相厮打之中，被对方抢去了学校发的制帽。制帽里有一块菱形白布，上面清楚地写着主人的名字。事情麻烦了，警察差一点要照会学校。由于朋友们想了很多办法，才没有把事情公开出来。将这种粗暴行为讲给在今天这种文雅气氛中成长起来的你听，你一定觉得非常愚蠢吧，其实我也觉得很愚蠢。然而另一方面，他们却有一种现在学生所没有的质朴。当时，我每月从叔父那里拿到的钱，比起你父亲寄给你的学费少多了（当然物价也不同）。即便这样，我丝毫也没感到不够用。不仅如此，在许多同学中间，就经济来说，我决不会陷入对别人垂涎三尺的可怜境地。现在想起来，我还是别人艳羡的对象呢。之所以这么说，是因为我每个月除收到规定的汇款外，还经常请求叔父寄给我买书籍的钱（那时候我就喜欢买书）和临时的费用，这样我就可以痛快地、随心所欲地花销了。

“懵懵懂懂的我，不仅十分信赖叔父，而且常常带着感激的心情，把叔父敬若神明。叔父是个实业家，后来担任了县议员。也许是由于这个关系吧，我还记得他还与政党有关系。叔父同父亲是亲兄弟，但性格毫无相似之处，似乎是向着相反的方向发展的。父亲小心翼翼地守护着祖先遗留下来的大笔遗产，是个笃实、敦厚的人。他喜欢弄弄茶道呀、花道呀什么的，还喜欢诵诵诗，对书画古董也有浓厚的兴趣。我的家虽在乡村，但隔七八里路光景就有一个城镇——叔父就住在城里——城里的旧家具店常拿来一些字画、香炉，让父亲看。一句话，父亲可以说是一个财主，一个具有比较高雅的嗜好的乡村绅士。从秉性上说，他与豁达倜傥的叔父有很大的悬殊，然而兄弟俩的关系却又分外地好。父亲老是夸奖叔父比他更有才干，更有作为。不说像自己这种承继祖先遗产的人，本来有的才思都迟钝了，与世无争了，反而没有用了。这些话母亲听见过，我也听见过。我甚至觉得父亲是要我吸取教训而特意说的。那种时候，父亲特意盯着我的脸说：‘你也要好好记住才是。’这事我一直没有忘怀。对于受到父亲这般信任，如此褒奖的叔父，我怎么还能怀疑呢？我只有为有这样一位叔父感到自豪。父母亲去世后，对于万事都得依仗这位叔父的我来说，他不仅是我引以为豪的叔父，而且是我生活中不可缺少的关键人物了。

五

“我利用暑假第一次回家乡的时候，叔父婶母作为新主人，搬进了我那双亲死后空出来的宅邸，这是在我去东京前就商议好了的。父母撇下我孤身一人，又不住在家，也只好这么办了。

“叔父那时好像与城里的各种公司都有关系。他笑着说过，从业务上来说，住在原来的地方比搬到离城七八里地的我家要方便得多。这是在父母死后，一起商量我去东京上学时，怎么处置宅邸时叔父露出的口风。我家的宅邸具有古老悠久的历史，方圆之内还小有名气。我想你们家乡大概也是如此吧：在乡村，如果家里有继承人，却毁了或倒卖了世家的房产，这可是件大事。如果是现在，这么点儿小事，我是很好办的。但当时我还是个孩子，既要去东京念书，房产又不能动，我甚为处措发愁。

“叔父不得不答应搬到我家的空屋来，但他说，如果不让他仍把城里的房子留着，给他以来往于两处的方便，可就难办了。我当然不能有异议。当时我想，不管什么条件，只要我能去东京上学就行。

“稚气十足的我，虽然远离故乡，心眼里却眷念着故乡的家，怀着那里还有我应当归去的家园的旅人心肠想念着我的家。尽管我十分恋慕东京而来到这里，但一到假期就必须回去的这种心绪，也在有力地鞭促着我回家。我在发奋学习、愉快游乐之余，常常梦见假期就能归去的我那个家。

“我在外期间，不知叔父是以什么方式来往于两个住宅之间的。当我抵家的时候，全家人都已聚集在一所房子里，就连上学的孩子，平时也许是住在城里吧，放假期间也为了顺便来乡间玩耍，而被接回来了。

“一家人见到我都很高兴，我看到家里比父母活着时还热闹，充满了欢乐的气氛，心里也很欢喜。叔父将占住我的房间的最大的男孩子赶了出来，要我住进去。因为正房很多，我谦让说住到别的房里也可以，可叔父不从，说：‘这是你的房子呀！’

“我除了偶尔想起亡故的父母之外，没有一点不愉快。和叔父一家人一起度过了整个夏天，又回到了东京。那年夏天只有一件事在我的心里投下了一片暗淡的阴影。那就是，尽管我还刚进高中，叔父夫妻俩却异口同声地劝我结婚。前后大概说了三四次吧，开头我只是感到很突然，很吃惊。再说起时，我就断然拒绝了。到了第三次我终于反问究竟是为什么。他们的道理很简单，只不过是让我早点娶了妻子，回到家里，好继承父业。我那时想着这个家只要假期回来就满可以了。继承父业，为此必须娶亲，这二者听起来都有一定道理。我对乡村的一切都很熟悉，当然很清楚这个道理。我也并不是讨厌娶亲，只是我刚到东京去学习，娶亲对于我只不过是用望远镜能眺望到的一个遥远的目标而已。我没有顺从叔父的意愿，又离家走了。

六

“我很快就忘了娶亲的事。看看我周围的同学，没有一个有家小。大家好像都是自由自在、无牵无挂的。在这群快乐的年轻人当中，如果深入去观察，也许有人迫于家庭的情况已经娶妻了，但稚气十足的我是注意不到的。即便是处于这种特殊境遇的同学，也会顾虑周围的环境，而缄口唯谨地不谈那种与学生身份不相称的私房话。后来想想，我自己也属于那种类型，然而我丝毫也没意识到，依然像孩子一般愉快地走学问之路。

“学年结束时，我又收拾好行装，回到了安葬着父母的乡村。跟去年一样，在父母的旧居中，见到了叔父婶母和他们的孩子依旧笑吟吟的面孔。我再一次嗅到了故乡的泥土芳香，这气息对于我来说仍然是那样令人依恋，即使是作为一学年枯燥单调的学习生活的一种调剂，也是非常宝贵的。

“然而就在这哺育了我成长的乡情中，叔父又突然冲我提起了结婚的问题。他讲的不过是重复去年的劝告而已，理由也与去年相同。不过以前说这事时，并没有谈到过对象，这回我却完全了解了对方是谁，这就越发使我为难了。女方就是叔父的女儿，也就是我的堂妹。叔父说，娶了他的女儿，我们亲上加亲，对双方都有好处，还说我父亲生前就说过这件事。我也考虑，如果那样的话，是对双方都有利，父亲跟叔父说过这事也似乎可信。但是叔父这么一说，我才意识到，在他没说起之前，我并不记得有过这桩事，因此我感到十分吃惊。尽管如此，我很明白叔父的希望也是合情合理的。我是个粗心大意的人吧，或许是那样，总之最重要的原因恐怕是我对这位堂妹从未留心过。孩提时代，我经常到城里叔父家去玩，不光是去，还常在那里住下。从那时起，我与这位堂妹就很亲昵了。你也知道，兄妹之间是不会产生恋情的。我也许是在将这一公认的事实随意地加以敷衍吧，总之我认为，男女之间经常接触、过于密切，就会失去产生爱情所必需的刺激带来的新鲜感。如同闻香味只有在焚香的那一瞬间，品酒味只有在喝第一口的那一刹那，爱的冲动也是这样，在时间上只有一个关口；一旦漫不经心地越过去了，往后就越是熟悉，越只增加亲密，爱情的神经只会越来越麻痹。我无论怎么翻来覆去地想，也不愿将这位堂妹娶作自己的妻子。

“叔父说如果我打定了主意，推迟到毕业后结婚也可以，但有句俗话说‘好事宜速’，可能的话，就趁现在把喜酒请了。我对女方毫无兴趣，哪种方案对我来说都一样没意思，我再次拒绝了。叔父满脸不高兴，堂妹哭了。并不是因为不能嫁我而感到悲伤，而是求婚遭到拒绝，作为一个女孩子，是很难堪的。就如我不爱堂妹一样，我很清楚堂妹也不爱我。我又回东京去了。

七

“我第三次回故乡，是在又过了一年的初夏。我无时不在焦急地盼望着结束学年考试，早点逃离东京。因为我是那样怀念家乡。大概你也有这种感觉吧：出生的地方空气的色调都不同，泥土的芳香也格外地诱人；一草一木都勾起对父母的回忆。一年中的七、八两个月，我都待在家里，就像爬回洞窟的蛇似的一动也不动。对我来说，这是我感到最温暖，心情最舒畅的时期。

“单纯幼稚的我，认为与堂妹的婚事，没必要那

堂妹也不爱我

么伤脑筋。我以为讨厌的事就拒绝，拒绝了就完了。尽管我没有按照叔父的希望委曲求全，但我仍然很平静。在过去的一年中我并未介意这件事，依旧高高兴兴地返回了家乡。

“但到家一看，叔父的态度变了样，不像以往那样和颜悦色地欢迎我了。尽管如此，颟顸的我在刚回来的四五天里一点也未察觉，只是在一个偶然的机会里我才突然觉得很奇怪。于是我发现不光是叔父，婶母也很奇怪，堂妹也令人奇怪。就连刚从初中毕业，说是今后打算进入东京高等商业学校、写信向我询问情况的堂弟也是这副模样。

“我的性格使我不得不考虑了：为什么我的心情会变得这样？不，为什么叔父一家人会变得这样。我突然怀疑是不是死去的父母给我擦亮了眼睛，使我猛然看清了这个世界？因为我一直在内心深处坚信，即使父母不在这个世上了，也会像在世一样爱护我的。当然，即使在那时我也绝不是一个不懂道理的人，但祖辈流传下来的迷信思想还潜藏在我的血液中，起着巨大的作用，也许至今还有影响。

“我一个人跑到山里，跪倒在父母的墓前，一半是为了哀悼，另外也是为了感激。我怀着一种似乎自己未来的幸福仍然掌握在躺在这冰冷石头下的父母手里的心情，祈求他们保佑我。你大概觉得可笑吧？我也只好任凭你取笑了，我就是这么个人。

“我的世界整个儿翻了一个个儿，当然这对我来说并不是初次的体验。那大约是我十六七岁的时候吧，当我第一次发现世界上竟有尤物时，我不禁十分惊奇。我多少次地怀疑自己的眼睛，不知多少次地擦着自己的眼睛，心里喊着：啊，真美！要说十六七岁的年纪，无论男女，正是通常所说的情窦初开的时期。情窦初开的我开始把女人看作是世上美的代表了。对那些以前从未留神过的异性，我忽地一下睁开了眼睛。从那以后，我的天地完全变成了一个新天地。

“我注意到叔父态度的转变，也完全与此相同，是突然发现的；没有一丝预感，也没有思想准备，那种认识就突然来到我的心田。在我的眼中，叔父和他一家人都突然成了陌路人。照这样下去，真不知道今后我该怎么办。

跪倒在父母的墓前

八

“我产生了这种想法：如果对于托付给叔父的家产，我得不到详细的了解，就对不起死去的父母了。叔父声称他是个忙人，每晚都不住在一个地方，回家住两天就得在城里住三天。他往返于两地之间，日复一日地在忙忙碌碌的神色中度过。把‘忙’这个词当作他的口头禅来用。我毫无疑心时，也认为他真的很忙，还解嘲地说过：‘如果不忙，就不是新派人物了。’但是，当我产生了要就财产一事做一次长谈的想法时，在我的眼里，他这忙碌的样子，就只能看作是避开我的口实了。我很难抓住与叔父谈话的机会。

“我风闻叔父在城里有个小老婆，我是从一位初中同学那里听说的。纳妾这样的事，对于叔父来说毫不足怪，但当父亲在世时我从未听过这种风声，因此感到惊讶。我的同学还跟我说了很多有关叔父的传闻，其中之一就是曾有一时人们认为叔父的事业快失败了，可这两三年又忽然兴隆起来。这件事也增加了我的疑惑。

“我终于同叔父展开了谈判，说是谈判或许有点不妥当，但从事情的发展来看，自然而然地变得只能用‘谈判’二字来形容了。叔父始终想把我当小孩子对待，而我从一开始就以怀疑的目光盯着他，事情已经不可能和平解决了。

“遗憾得很，我得往下直叙，无法在这里详细写下谈判的前后经过。实际上我还有比这更重要的事要谈。我的笔早就想赶快往那里写了，我好不容易才控制住。永远失去和你见面详谈的机会的我，不仅不习惯于用笔来描述，而且为了珍惜宝贵的时间，也只能省略一些想说的话。

“你还记得吧，我曾跟你说过，世界上没有天生的坏人，要你警惕很多好人到了紧要关头就突然变成了坏人。当时你提醒我，说我的情绪很激动，于是问我，什么情况下好人会变成坏人，我只答了一个‘钱’字，你露出不满的神色。我清楚地记得你那不满足的表情。现在我可以公开告诉你了，当时我是想起了叔父的事。我是把他作为一个普通的人一看到钱就变成了恶人的例子，作为一个世界上没有足以信赖的人的例子，带着憎恶的心情想起他的。也许我的回答对于要深入到思想界内部去的你来说，是不能令人十分满意的，是陈腐的。但是对我来说，那是现实的回答。现在我是不是激动了呢？我相信与其以冷静的头脑讲述新鲜的事物，还不如用炽热的语言叙说平凡的事更有意义，因为热血才会使全身能够活动。语言不仅能使空气产生波动，而且能对更强大的东西产生强大的作用。

九

“简单说来，就是叔父欺瞒了我的财产，这在我去东京上学的三年中是很容易做到的。我满不在乎，将一切委托给叔父，用一般人的说法确实是个大傻瓜。站在超凡脱俗的立场上来评论，或许也可以说我是个纯洁、高贵的男子吧。回想那时我自己，我想为什么不干脆是人生来就坏呢，我对自己过分诚实感到悔恨莫及。我甚至想，我要是能再回到刚出生时的状态重新生活一遍就好了。请记住，你所知道的我已是被俗尘污染了的我，如果把受了污染的年数大的人称为前辈的话，我的确是你的前辈。

“假若我按照叔父的意思和他女儿结了婚，从物质上来讲对我有利吗？这是可想而知的事。叔父玩弄计谋想将女儿硬塞给我，并不是好心地为了两家的利益，而是受他那十分卑劣的利害心的驱使。我仅仅是不爱堂妹，并不是讨厌她，过后一想，拒绝了这门亲事多少使我感到愉快些。虽然受欺骗无论怎样都是一样的，但从被骗的这一方来说，不娶堂妹，就没有使对方得逞，从这一点来看还算是坚持了自己的主见。不过，这些几乎都是不值一谈的细微小事，尤其是讲给与此毫无关系的你听，你会觉得非常无聊吧？

“别的亲戚介入了我和叔父的事情，对这些亲戚我也是完全不信任的，不光是不信任，甚至还敌视他们。当我发觉叔父欺骗了我时，就认定别的人也一定会欺骗我。父亲曾那般赞赏过的叔父还是这样，别的人就更不用说了——这是我的逻辑推理。

“尽管如此，他们还是将我所有的财产清理了一下，从金额的估算来看，比我预期的要少得多。我只有两个办法：要么默默地受了，要么同叔父打一场官司。我非常愤怒，又不知如何是好，怕打起官司来，等到结案要花费很长的时间。我正在学校学习，作为学生，被夺去宝贵的时间是十分痛苦的事。我左思右想，最后委托住在城里的中学老同学，将我接收的财产都变成钱。老同学劝我别这样，但我不听。因为那时我已下了永远离开故乡的决心，心里发誓再也不见叔父的面。

“我起程离家前，又来到父母的墓前，从那以后我再也没有去给父母上过坟了，这种机会也永远不会再有了。

“老同学按照我的意思处理好一切，那已是我回到东京很多日子以后的事了。因为在乡村要卖掉田产也不是件轻易的事，而且还怕别人趁机倒账，所以我到手的钱比时价便宜得多。坦白地说，我的财产只有揣在怀里从家里拿出来的若干公债和后来那位朋友寄来的一些钱。父亲留下的遗产当然是所剩无几，而且又不是我自己败掉的，我越发感到气闷。不过作为学生，这笔钱过日子是绰绰有余了。说实话，这笔钱所生的利息，我连一半也用不完。这种优裕的学生生活使我陷入了一种意想不到的境况。

十

“用钱不用发愁的我，就想离开嘈杂的寄宿处，自己新立一个门户。然而这样做，既有买居家用品的麻烦，还必须请一位照料我生活的老太婆，又担心老太婆要是不老实就麻烦了，离家外出也会提心吊胆。因此，我还是没有把握付诸行动。有一天，闲着没事，我就想顺便去找找房子看吧，溜溜达达从本乡向西走下去，顺着小石川的坡道笔直上去，来到传通院。因为通了电车，那里完全变样了。那时节，左边是炮兵工厂的土墙，右面是一块既不像平原又称不上丘陵的空地，长满了青草。我站在草丛中，漫不经心地眺望着对面的悬崖。即便是现在那里的景色也要算不错的，那时候，西边更是别有一番风味，光那一眼望不到边的茵茵绿草就叫人心旷神怡了。我突然想起在这方圆地方难道没有合适的住家吗？于是我立刻穿过草地，沿着一条细长小路向北走去。那里还没建成一条像样的街道，两旁的房屋都东倒西歪，显得非常肮脏。我穿过小巷，拐过胡同，四处转悠。最后向一个卖粗点心的店铺老板娘打听这一带有没有整洁的小房子出租。老板娘歪着头想了一会儿说：‘出租的房子嘛，一时……’好像想不起来的样子。我以为毫无指望了，失望地准备回去，老板娘又问道：‘不是专门出租房子的人家行吗？’我一下改变了想法，一个人安静地寄住在不是专门出租房子的人家里，少了独立安家的麻烦，岂不更好。于是我在点心店里坐下来，向老板娘打听详细情况。

“老板娘说，那是一位军人的家属，确切地说是一位遗孀居住的房子。据老板娘说，主人是在中日甲午战争还是别的什么战争中死掉的。直到一年前，她还居住在市谷的陆军军官学校的旁边，因为那里既有马棚，宅邸又过于宽敞，就将它卖掉搬到这里来了。但因为家中无人，孤单寂寞得很，所以拜托过老板娘，如有合适的人就给介绍一下。我从老板娘嘴里打听确实，那家除了遗孀和一个女儿、一个女仆外，别无他人。心想这可是个闲静的地方，好极了。但又担心，我这么一个人家还不知道品行的书生，突然跑到人家家里去，会不会立刻被拒之门外呢？我甚至想算了。不过我又想，我作为一个学生，穿着还不太寒碜，又戴了大学生的制帽。你大概会觉得好笑吧，大学生的制帽算得了什么？可是那时的大学生与现在不同，在社会上相当有威望。在那种场合下我从这顶四角帽也产生了一种自信心。于是按照点心店老板娘的指点，没人介绍，就径直去访问那位军人的遗孀了。

“我见到那位遗孀，向她说明了来意。她就我的身份、学校、专业等问了各种各样的问题。后来也许觉得通过这一番盘问已经拿到了可以放心的把握了吧，当时就给了我答复，说我什么时候搬来都可以。这位未亡人是位正派的人，同时也很精明。我钦佩地想：军人的妻子都是这样的吧。我既佩服，又惊讶，甚至觉得迷惑不解：这种性格的人怎么会寂寞呢？

十一

“我很快就搬进了这一家。我租借的是第一次来时同那位未亡人谈话的房间，也是这所住宅中最好的一间。当时因为在本乡一带盖起了不少高级公寓式的房屋，所以我很清楚地知道一个学生能占有的最好的房间是什么样。我作为新主人住进去的这间房比本乡一带的还要好得多。在搬来的那一会儿，我不禁觉得：这对于学生身份的我，未免过分奢侈了。

“房间的面积有八铺席大，壁龛旁有百宝格，与走廊相对的另一边有一个壁橱。屋里没一扇窗户，但朝南的走廊可以充分晒到太阳。

“我刚搬来的那天，就看见了壁龛里的插花和旁边悬挂着的琴，它们都不中我的意。我是在爱好诗书字画和品茶的父亲身边长大的，从小就有一种中国式的情趣，也许由于这个缘故吧，不知不觉我养成了一种讨厌花花绿绿的装饰的习癖。

“我父亲生前搜集的文物，被那个叔父糟蹋得不成样子了。尽管如此，多少还留下来了一些。在离开故乡时，我已委托中学的旧友代为保管，其中有点意思的我拿了四五幅，包也没包就放在柳条箱底下带来了。本来我打算拿出来挂在壁龛里欣赏欣赏，但现在看到这琴和插花，我立刻失去了勇气。后来才听说，这花是专为我而插的，这时我直在心里苦笑。当然，琴是早就挂在那里的，大概是因为没地方放，只好仍旧挂在那里不动了。

“说到这里，也许自然地会有一位年轻女子的影子掠过你的脑际吧。我也是一样，还没搬来的时候就已经开始产生了好奇心。也许是这种不规矩的情绪损害了我的自然态度，也可能是我不习惯跟人打交道，总之在我初次见到那家的小姐，同她打招呼时，心里直发慌，而小姐她也涨红了脸。

“在此以前，我是根据那位未亡人的风度、举止，来想象这位小姐的一切的。不过那个推想对小姐并不太有利。因为是军人的妻子，所以未亡人是那样的，而小姐是军人之妻的女儿，所以是这样的，我的推理就是如此这般地一步步延伸。可这一推理，在我见到小姐的那一瞬间，就全部被推翻了，我第一次闻到了过去连想象都想象不到的异性的馨香。从那以后，我再也不讨厌壁龛里面插着的花了，同样，挂在壁龛里的琴也不碍我的眼了。

“花一到了纷纷凋谢的时候就被换上一束新的，琴也常常被搬到拐角斜对面的屋子里。我坐在自己房中，两手托腮，聆听那琴声。我对于琴弹得好坏并不十分懂，但听到弹出的曲子不很复杂，想来大概弹得不怎么高明，也就跟插花差不多的水平吧。对于花，我倒十分在行，小姐绝不是位巧手。

“尽管如此，各种各样的花还是毫无愧色地装点着我的壁龛。尤其是那插法，总是千篇一律，就连花瓶也从未换过。不过说起音乐，比插花更令人不可思议。只是稀稀疏疏的空弦响，从未听到过歌声。并不是不唱歌，而是像说悄悄话似的只发出极细微的声音，一遭到母亲的申斥就全然无声了。

“我愉快地凝视着插得并不悦目的花，倾听着弹得并不动听的琴声。

十二

“我在离开家乡时已经变得厌世了，认为人都是不可靠的这一观念，那时似乎已渗入我的骨髓。我把我所仇视的叔叔、婶母和别的亲戚简直就看作人类的代表。连坐火车，我也会有意无意地注意起邻位乘客的一举一动。偶尔对方与我搭话，我就更加地警觉起来。我心里郁闷极了，时常像吞下一块铅似的难受。而且如前所说，我的神经变得异常敏锐。

“我来东京后要离开寄宿处，大部分是由于这缘故。虽说是因为花钱不用发愁才想另立一个门户试试，但若是过去，即便我口袋里有余钱，也不会高兴去找那种麻烦。

“我搬到小石川以后，一时还不能使自己紧张的心情舒畅起来。我心神不定地左顾右盼，连自己也觉得不好意思了。奇怪的是，活跃的只是我的头脑和眼睛，我的话却反而越来越少了。我经常像猫一样仔细地观察着她们一家人，默默地面案而坐。我毫不放松地注意着她们，有时甚至觉得太过分了。我简直像个贼呀，只不过不偷东西罢了；有时这么想着甚至恨起自己来。

“你一定会觉得奇怪吧，我这样一个人怎么还会有闲情逸致去喜欢那家的小姐？怎么会有闲情逸致去愉快地观赏小姐的不悦目的插花？怎么会有闲情逸致去聆听小姐那不动听的琴声？你如果这么问我，我只能告诉你实际情况就是如此，我也只能如实地对你这么讲。你是个有头脑的人，我听凭你去解释，我只想补充一句：在金钱上我怀疑一切人，可是在爱情上，我还没有怀疑一切人。所以，虽然别人看来是不可思议的，我认真想想，也是矛盾的，但它们还是并行不悖地存在于我的心间。

“我常把那位未亡人称作‘太太’，下面我就不再用未亡人这个称呼而用‘太太’这个称呼了。太太夸我是个温存、老实的男子，而且是个勤奋好学的人，却从未谈起过我不安的眼神和左顾右盼的样子。是没留心还是有顾虑不肯说，我不很清楚。总之看起来好像完全没有注意到似的。不仅如此，有时还说我落落大方，用一种尊敬的口吻与我谈话。在这种时候，不会撒谎的我脸都有些发红，赶忙否定对方的话。于是太太又一本正经地向我说明：‘您自己没觉得，所以才这么说。’看起来，太太开始并没打算让我这样的学生住在家里，是想把房间租给在某个衙门做事的人，才拜托附近的人帮助介绍的。太太脑子里想象的房客是位薪水不高、不得已只能寄住在并非专门出租房子的家里的人。太太是把我同她心目中想象的客人相比较才夸我大方的。的确，与那种生活拮据的人相比，在金钱上，我也许是大方的。不过这不是性格问题，等于与我的精神生活没一点关系。太太毕竟是个女人，她推而广之地用大方来概括我的一切，用同样的话来夸奖我的一切。

十三

“太太的这种态度自然影响了我的情绪。不多久，我的眼神已不像以前那样左顾右盼了，我的心也能安稳在自己所处的环境中了。总之，也许是太太及其家人对我乖僻的目光、深疑的态度，一点儿也没在意，给了我很大的幸福吧，我的神经由于没有对方反射的刺激，渐渐平静下来。

“也许太太是个精明的人，特意这么对待我，又有可能像她自己公开说的那样，她真的把我看成落落大方的人。大概我的小心眼只是内在现象，并没有怎么表露于外，因此或许太太被我蒙住了眼睛。

“随着内心的平静，我慢慢地和她们一家人接近起来了，跟太太、小姐也有说有笑了。有的日子还说那边沏好了茶，把我喊到对面的房间去；有时我也买

落落大方的房东太太

些点心，晚上招呼她们母女过来坐坐。我突然感到交际的范围扩大了。这么一来，时常影响我宝贵的学习时间，奇怪的是，我并不觉得这妨碍了我。太太本来就是个闲人。原来我以为小姐除了上学，还要学插花学琴什么的，一定很忙，然而出乎意料，看来她有的是空闲时间。就这样，三人一见面就要聚在一起，山南海北地聊一阵。

“来叫我的，一般都是小姐。有时小姐拐过走廊的拐角，站在我的房间前面，有时能看到小姐穿过饭厅映在槅扇上的倩影。小姐走到那里总是稍停一会儿，然后叫着我的名字轻声问道：‘在学习吗？’因为我通常总是把很难的书籍打开放在桌上，目不转睛地凝视着，在旁人看来俨然像个勤奋学习的人。说实在的，我并不是在专心研读书籍。目光落在纸上，心里却等待着小姐来唤我。等不来的话，我只好自己起身去。走到对面房间的前面，我又问道：‘在学习吗？’

“小姐的房间与饭厅相连接，有六铺席大小。太太有时在饭厅，有时也待在小姐屋里。这两个房间里虽有槅扇，就跟没有一样，母女俩你来我去，谁也不知道到底哪是谁的房间。我在屋外一打招呼。

"'请进来。'回答的必定是太太，小姐即便在屋也很少答应过。

"偶尔小姐一个人有事来我的房间。顺便坐下来聊聊的情况，也渐渐有了。那种时刻，我内心奇怪地感到十分局促不安，这不光是和年轻女人对面而坐感到局促，不知为什么我总觉得心神不宁。那种自己背叛自己的极不自然的态度使我很苦恼。但是小姐却非常坦然，一点也不觉得不好意思，甚至使人怀疑：这就是那位连弹琴都不敢发出声音来的女子？有时时间长了，从饭厅传来母亲的呼唤，而她也只是答应一声，并不马上起身。可是小姐绝不是孩子了，这我一眼就能看出，她的举动也很明显地表示出她要让人知道这一点。

十四

"小姐离开后，我总算松了一口气，同时又产生了不满足或者对不起她的心情。也许我像个女人，你是现代青年，在你看起来我一定更是这样。但是我们那个时代的青年都是如此。

“太太很少外出，偶然出门也从来不让我和小姐单独留在家里。这是偶然的还是故意的，我不明白。这话由我来说有点不大好，但我总觉得，如果细心观察一下太太的态度，看来她很愿意我和她女儿接近。但有的场合，她又对我暗中加以提防。我初次遇到这种事，常常心绪很坏。

“我很希望明确太太的态度究竟是倾向于哪一方，因为从心理上来说，这是个明显的矛盾。但对于叔父的欺骗记忆犹新的我，心里不能不抱着更深的怀疑。我揣摩着太太的态度，哪是真正的，哪是虚伪的，下不了明确的结论。不仅如此，我摸不透她这么做的意思。左思右想，也寻思不出个理由，有时就把罪恶归于‘女人’这两个字：毕竟是女人，所以那样；女人终归是愚蠢的，所以这样。每当我想不通时，结论就落在这上面。

“那样看不起女人的我，却无论如何也不能蔑视小姐。我的逻辑在她面前竟行不通，以至完全无用。我对她有一种近乎崇拜的爱慕。你看到我将这个只用于宗教的词语，用于年轻女人一定会感到奇怪吧，可我至今都坚信不疑，坚信真诚的爱情与宗教心理并无二致。每当我看到小姐的脸庞，就觉得仿佛自己也美起来了；每当我想起小姐，仿佛那种高雅的气质也移到了自己的身上。如果在爱情这种不可思议的感情上有两个端点，高的一端是神圣的感情，低的一端是性欲的话，我的爱情委实是立足在那高的一端的。我作为一个人，当然也是个不能脱离肉欲的凡胎，可我凝视小姐的那双眼睛，爱恋小姐的那颗心，全然不带一点淫意。

“我在对母亲抱着反感的同时，对女儿的爱恋却与日俱增，三人的关系同刚来寄居时相比渐渐地复杂起来了。但这种变化几乎都是内心的，并没有形诸外表。后来，由于一个偶然的机会，我又觉得，以前也许是误解了太太吧。我转念一想，也许太太对我矛盾的态度从哪方面讲都不是虚伪的吧。而且，我开始觉得，两种心理并不是交替地在支配着太太的心，而是二者同时并存于太太的心里。也就是说，我观察到：太太一方面想尽量让小姐接近我，同时又对我加以提防，这似乎很矛盾；但是在提防时，并不是忘记了，也不是改变了另外一种心理，而是仍旧希望我们两人接近。我得到的解释是：太太尽量防止两人接近过于密切，以至超出她所认为正当的程度。对于小姐几乎没有产生在肉体方面接近的念头的我，认为那是没必要的担心，不过对太太的恶感从那以后就消失了。

十五

“我将太太的态度一一综合起来看，弄清了我在这个家庭里是充分得到信任的，甚至还发现这种信任在初次见面时就已经有了。在开始怀疑他人的我的内心中，这个发现产生了奇妙的影响。我想，女人也许比男人更富于直觉吧。同时，女人受男人的骗也许就在这一点上吧。我这样观察太太，但我自己对小姐却有同样强烈的直觉，现在想起来都好笑。因为我虽然在心里发誓不信任他人，但却绝对地相信小姐，而对信任我的太太反而觉得奇怪。

“我很少谈家乡的事，特别是对那件事，我从未说过一字半句。就连那个念头在我脑子里闪过都会使我感到一种不愉快。我尽可能地努力只听太太讲话，不过对方却不肯就此罢休。一有机会，她们就想打听我家乡的情况。我终于将一切都说了出来。当我告诉她们说再也不回家，即使回去也什么都没有了，只有父母的坟墓时，太太显出非常激动的样子，小姐哭了。我想我还是讲了的好，心里觉得很高兴。

“太太听了我的一切，脸上露出了几乎要说她的直觉果然没错的神色。此后就把我当作晚一辈的亲人一般对待了。我没生气，反而满心欢喜。但是不久，我又渐渐生了疑心。

“我怀疑太太，是从一些极其细微的事情开始的，但是将小事情积累起来，疑心就慢慢地扎根了。我不知为什么突然想到，太太努力想让小姐同我接近，会不会是和叔父一样的用心？这样一想，以前看来亲切的人，突然在我眼中变成一个狡猾的阴谋家，我痛苦地咬紧了嘴唇。

“太太最初声称是因为家里无人很寂寞，想找个房客也好有个照应。我也不认为那是谎言。关系密切以后，听了一些开诚布公的话，也觉得没有什么不对头的地方。但是就经济状况来说，她家还称不上富裕，从利害问题来考虑，与我建立特殊的关系，对方决不会有什么损失。

“我又提高了警惕，可是如前所述，对小姐有着强烈爱恋的我，对她的母亲不管怀抱多大的戒心，又有什么用呢？我有时自个儿嘲笑自己，骂自己是个笨蛋。如果仅是这点矛盾，傻也好笨也好我都不会感到很痛苦。我的烦闷是在碰到了小姐是否同太太一样也是个阴谋家这样一个疑问时产生的。这一切是不是两人在我背后商量好了干的？一想到这，我突然苦恼得不得了。不只是不愉快，而是一种走投无路、身陷绝境的心情。尽管如此，我一方面还是坚定地相信小姐，毫不怀疑。所以我站在相信和迷惘的途中，一点也无法动弹了。对我来说这都是想象，又都是真实。

十六

“我依旧去学校上课，但是讲台上老师讲的内容，我听起来好像是远处的声音。学习也是这样，映入眼帘的字一点也没到心里去就烟消云散了。而且我变得少言寡语。见我这般情形，有两三位朋友误解了，去告诉别的朋友说我在冥思苦想。我不想去解释这种误会，别人给我安上一个对我有利的假面具，我反倒觉得是一种幸运，内心感到高兴。但有时可能是心神不宁的缘故吧，像神经发作似的胡闹，使他们非常吃惊。

“我寄居的这家来往的人很少，亲戚也似乎不多。小姐的同学偶尔也来家玩玩，但说话声音小得不知道有没有她们在家，常常是说一阵话就走了。她们是怕妨碍我，但我却总没有注意到。来我住处的同学，虽然也都不是很粗暴的人，但没有一个人会想到怕妨碍家里的其他人。从这种情形来看，就像我这个借居者是主人，她家堂堂小姐倒反像是处于寄居客人的地位。

“这都不过是想起来就顺手写的，实际上是无关紧要的事。只是这当中有一桩怎么说也不很顺心的事。那是在饭厅不然就是在小姐的屋里，我突然听到一个男人的声音，这声音与我的客人不同，声音极低，所以讲些什么全都听不清楚。越是听不清越给我的神经一种刺激，我如坐针毡，焦躁不安。首先我想，这人是亲戚还是仅仅是一般的熟人？又想他是个年轻人还是个上了年纪的人？我光坐在这里是决不会知道的，可又不能起来打开拉门瞧瞧。我在精神上不只是受到了震动，而且掀起了波涛，使我苦恼异常。我在客人离去后，必然不会忘记去打听那人的名字，小姐和太太的回答非常简单。我露出了不满意的神色，却没有打破砂锅问到底的勇气，当然也没有这种权利。我在她们面前表现出受到过必须尊重自己人格的教育所产生的自尊心和与自尊心相背离的好奇心，她们笑了。我一时解释不清：那是并非嘲笑的意思，而是完全出于善意的笑呢？还是故意做出善意的笑脸呢？我当即失去了内心的平静。事后我还在翻来覆去地想：我是被她们取笑了吧？我不是被她们当傻瓜了吧？

“我是一个自在之身，也就是一个处于自主地位的人，中途退学也好，到什么地方去怎么生活也好，或者同什么地方的什么人结婚也好，这一切都没有同别人商量的必要。我几番下决心想毅然去求太太将女儿许配给我。但每到那种时候我便踌躇了，始终没有说出口。我并不是担心被拒绝，如果被拒绝，虽然我不知道我的命运会起什么变化，但因此我也就会有机会站在与以前不同的立场来重新认识世界，所以这一点勇气还是拿得出来的。但是我怕上当，上别人的当我是深恶痛绝的，受过叔父欺骗的我，下决心今后不论干什么事都决不受别人的骗。

十七

“看到我光顾买书，太太提醒我也该稍微置些衣物了，实际上我只有些乡村织的棉布衣服。那时的学生都还不穿丝绸。我有个同学家是横滨的商人什么的，家里的生活很有气派，有一次寄来了纺绸小袄，同学们见了都笑将开来。那位同学很不好意思地拼命解释，将家里特意寄来的小袄放进箱子底下不敢穿。可是很多人又起哄，故意让他穿上，后来很不巧，这件小袄上爬满了虱子。我那同学也许觉得这更好，就将这件被人取笑过的小袄卷成一团，外出散步时，随手给扔到根津的大水沟里了。当时我也同他一起散步，我站在桥上笑着看朋友把小袄丢下去，心里一点也不觉得可惜。

“在那时来看，我也快成大人了，但我还不懂得该置点出门穿的漂亮衣服。那时我有个奇怪的想法，认为不到毕业留胡子的年龄，就不必为穿衣戴帽操心。于是我对太太说我只要书，不要衣服。太太是知道我买的书的分量的，她问我买的书是不是都读过。我买的书中有字典，但也有应该看而我连书页都没有裁开过的，我张口结舌，无话可答。转念一想，反正要买些不需要的东西的话，书也好衣服也好都一样。而且我借口要对她们的照顾表示感谢，想买点合小姐心意的腰带、衣服布料送给小姐。于是我将一切都托付太太去办。

“太太不愿一个人去，命我也一起去，还说小姐也得去。当时的风气与现在不同，我们那时那些当学生的人从没有和年轻女子逛街的习惯。那时我比现在还更加是个习惯的奴隶，多少有些踌躇，可是狠狠心还是随她们出门了。

“小姐着实打扮了一番，她本来皮肤就很白皙，再浓施粉黛，就更加引人注目了。过往行人都直勾勾地盯着她，然后必定将目光转到我身上打量一番。真稀罕。

“三人去日本桥买到了想买的东西。因为买东西的时候老改变主意，所以比我想象的要多花许多时间，太太特意叫我的名字问我东西是否合适。有时把衣料从小姐的肩上竖着披到胸前，让我退二三步给端详端详，每次我都煞有介事地说了一番，什么这个不好啦，那个挺合适啦之类。

“这样耽误了不少时间，要回去时已是晚饭时分了。太太说为了回礼，请我去吃顿饭，将我带到有木原店曲艺场的一条狭小的巷子里。巷非常狭窄，我们吃饭的店铺也很小，对这一带地形一点不熟悉的我，对太太的知识惊讶不已。

“夜幕降临，我们才回家。第二天是星期日，我整天关在屋里。到了星期一，我去学校上课，一大清早就被一个同学逗弄。他故意问我：‘什么时候娶了妻子呀？’然后夸我妻子是个大美人。看来我们三人一起去日本桥时，被他在哪里看到了。

十八

“我回到住处向太太、小姐说起这事，太太笑了，望着我的脸说道：‘想必使你为难了吧？’我当时暗自思忖：男人就是这样被女人吸引住的吗？太太的眼里充分表示让我这么想的意思。也许那时我把自己的想法直截了当地向太太表明就好了。但是当时我胸中郁结着狐疑的块垒，刚想表明，又骤然住口，故意将话题岔开了。

“我把我自己这个关键人物从谈话中抽掉，就小姐的婚姻大事，试探了一下太太的心意。太太明白地告诉我，这事也不是没人提过，已有两三次了，但又说现在小姐还在上学，年纪太轻，所以这事并不急。太太嘴里没说，看得出她对小姐的姿色充满了自信，甚至还透露出这样的意思，如果要定的话什么时候都可以定；再说太太就小姐这么一个孩子，这就是太太不愿意让她轻易离开身边的原因。有一点太太好像都拿不定主意，是嫁小姐出去还是招个女婿上门？

“在谈话中，我好像从太太那里学到了各种各样的知识，但因此等于失去了良机。关于我自己，就一句也没有能够开口提了。我找个适当的时机停住了话头，准备回自己的屋里去。

“刚才还在一旁笑着说真不好意思的小姐，不知什么时候已走到对面的角落里背对着这边。我刚要站起来时回头一看，望到了小姐的背影。从背后是看不出一个人的心事来的。对这个问题小姐究竟是如何考虑的？我一点也摸不透。小姐坐在橱柜前，从打开了一尺多宽的间隙里好像拿出来什么东西放在膝盖上望着。我的目光一下发现了缝隙的一端放着昨天买的布料，我的和服和小姐的一起都叠放在同一橱柜的一角里。

“我一言未发刚要起身离座，太太突然用一种郑重的语气问我是怎么想的。这种问法十分突然，甚至不反问一个‘为什么’是不明白她的用意的。当我知道她是问我把小姐早点嫁出去是否合适的意思时，我回答还是尽量别匆忙为好，太太说她也是这么考虑的。

“太太、小姐和我的关系发展到这种地步的时候，遇到了非插进另一个男人不可的情况。这个男人成为这个家庭的房客以后，使我的命运起了非常大的变化。如果这个男人没有闯入我的生活的话，也许我就没有给你留下这封长信的必要了。我毫无意识地站在魔鬼通过的道上，一直没有意识到那瞬间的影子会给我的一生投下悲惨的阴影。坦白地说，是我自己将那男人引到这个家来的。当然这还必须得到太太的允许，所以我一开始就什么也没隐瞒，跟太太讲明求得她的同意。但太太说算了吧。尽管我有非把他带来不可的十足的原因，可是太太却说算了吧，真是一点道理也没有，所以我断然地按照我的想法坚持做了。

十九

“在这里我把那位朋友的名字称作 K。我与 K 从小就是好朋友，既然说是从小就要好，那不说也知道，两人是同乡关系。K 是真宗派和尚的儿子，但不是长子，排行老二，被送给一个医生做养子。在我出生的地方，本愿寺派的势力十分强大，所以真宗派和尚与别人相比，物质处境要好得多。试举一例，如果和尚有个女儿到了婚配年龄，这派信徒们就聚会商议，把她嫁到一个合适的地方去，当然费用也不要和尚掏腰包。由此看来真宗和尚大抵是有福气的。

“K 的生父家也过着很舒适的生活。但是我不知他家有没有送次子去东京学习的余力。或者是因为有能够送去学习的方便才谈定了做养子的吧，这一点我也不知道。总之，K 到医生家当了养子，那还是我们读中学时候的事。我至今仍记得，在课堂上老师点名时，听到 K 的姓突然改了，大家都感到很惊讶。

“K 当养子的那家也是位颇有家产的财主，K 就是从那家拿着学费来东京上学的。他跟我不是同时出来，但到了东京以后就和我住在同一个寄宿处。那时节常常是两人或三人合住一间房，我和 K 也是两人共住一个房间。就像在山上被捕捉的动物，关在栏中互相紧紧抱着，睨视着外界一样，我们两人都畏怯东京和东京人，在六铺席大的屋子里，挥洒着睥睨天下的言辞。

“然而我们是诚实正直的，都打算成为正直的伟人。K 尤其是个强者，在寺庙里出生的他，常常使用修身养性这一词语。在我看来 K 的行为举止用修身养性这个词来形容真是恰如其分，心里常常充满了对 K 的敬畏。

“K 从中学起就常常用一些宗教和哲学的复杂问题来为难我，这是由于受到他父亲的感染，还是由于他出身的家庭，即寺庙这种特殊的建筑物里的气氛的影响？我不清楚。总之，让人看起来他比普通的和尚更具有和尚的性格。原来他的养家是打算让他成为一名医生送他来东京的，但是固执的 K 却抱着不当大夫的决心来到东京。我责问他：‘你这不是欺骗了养父母吗？’他大胆而坦率地回答：‘是的，如果是为了自己所走的道路，干这么回事也没关系。’那时他所说的‘道路’，也许连他自己也不太懂，当然我也不能说就明白。但对于年轻幼稚的我们来说，这概念模糊的词语，听起来很神圣。就算不理解吧，但被一种高尚的心情支配着，在向这个方向努力的热情中是不会有见不得人的东西的。我赞成了 K 的说法，我的赞同对于 K 有多大的力量连自己也不清楚。我看得出来，对于坚定不移的 K，不管我怎么反对，他都会按照自己的想法干到底。但如果我赞同了他，那就多少负有责任，我虽然还是个孩子，这点我还是知道的。就算那时连这点认识也没有，但到了有必要用成人的眼光去回顾过去的时候，我也会说，我是以‘应该由我分担的责任是完全应该由我来承担的’这种语气来表示赞成的。

二十

“K 和我进入了同一个专业学习。K 是心安理得地用养父寄来的钱走着自己选择的道路的。我只能认为他心里有两种想法，一种是觉得人家不会知道的安心感，一种是觉得他们知道了也没关系的大胆量：K 比我坦然。

“第一个暑假 K 没有回家，说是借了驹込[①]一个寺院的一间房子学习。我回东京时是九月上旬，他果真埋头在大观音旁一所肮脏的寺院里学习。他的房间

① 地名，在东京文京区。下文提到的“大观音”在这个地方的光源寺。

是正殿紧隔壁的一间。看来他为能按照自己的意愿进行学习，心情很愉快。我好像发现当时他的生活越来越像个和尚了，手腕上还挂着念珠。我问他这是干什么？他就用拇指一个两个地数着念珠给我看，他似乎就是这样每天数好几遍念珠。然而我不明白这是什么意思。这样一串念珠一粒一粒地数下去，数到哪辈子都没个完结。K 到底在什么地方产生了一种什么心情，才不数念珠了呢？这是件无谓的小事，但我常常想到这个。

“我还在他房间里看到了《圣经》，记得以前经常听他提到经书的名字，但是我们从没有谈起过关于基督教的事，所以我有些惊奇。我忍不住问他为什么要看这本书，K 说不为什么，既然大家都很稀罕这本书，那看一看也是理所当然的。他还说有机会的话，打算也读读《古兰经》，他好像对穆罕默德和剑这些词语抱有极大的兴趣。

“第二年夏天，他家里来信催他，他才回去了。回去以后看来也未提起过自己专业的事，家里人也没有留意到。你是受过学校教育的人，对这方面一定很了解。但社会上对于学生的生活、学校的规则等，却无知得令人吃惊。我们一般不将没什么了不起的事告诉校外的人，而且我们整天呼吸着校内的空气，难免以为校内的大小事情社会上都应该已经知道了。K 在这点上也许比我更了解社会。他又若无其事地回到了东京。因为是和我一起离开家乡的，一上火车我就忙问：‘事情怎样了？’他回答：‘没什么。’

“第三个夏天正是我决定永久地告别父母墓地的那一年。当时我劝 K 回家，他没答应，说每年回家去干什么。看来他又打算留下来学习。我没办法只好一个人离开东京回去。在乡下的两个月生活，对我的命运掀起了多么大的波澜，就如前面所述，我不再重复了。我抱着愤愤不平、忧郁孤独的情绪，九月份又见到了 K，发现他的命运和我一样发生了变化。原来他在我不知道的时候，写信给养父母，承认了自己的欺骗行为。据说他一开始就有了那种思想准备。他大概还估计家里人会认为事到如今也没办法，只有按照他所喜爱的去做了。看来他并没有打算一直到进大学都继续瞒住养父母，也许他已经认识到，即使想瞒住，也不可能长久的。

二十一

“看了 K 的来信，他养父怒不可遏，立刻回了措辞严厉的信，说不能再给欺骗父母不讲道理的东西寄学费了。K 给我看了来信，还把紧接着收到的亲生父亲给他的信也给我看了。信中对 K 的严厉谴责也不比前一封信差，信上还说因为从情理上来讲，对不住他养父家，所以自家这一边也一切都不管了。由于发生了这件事，K 是恢复原籍呢，还是考虑妥协的办法，依然留在养父家呢？这都是以后的事了，当务之急是要解决每月必需的学费。

“我问 K 作何考虑，他说打算去夜校当教师。那时比起现在来社会上要好生活得多，业余工作并不像你所想象的那么缺乏。我想，K 这么干生活上是足以过得去了。但是我有我的责任，K 违背养父母的意旨，要走自己选择的道路时，我是赞成过的，所以这时我不能袖手旁观。我当场就提出要在经济上资助他，但

K 二话不说就拒绝了。从他的性格来看，大概他觉得靠自食其力远比在朋友帮助下生活痛快得多。他说过，既然上了大学，自己一个人还不能想办法生活下去，就不是一个男子汉了。我不忍为了尽自己的责任而伤害 K 的感情，只好让他按照自己的想法去做，我就撒开了手。

“K 不久就找到了自己期望的工作。但是对十分珍惜时间的 K 来说，可以想象，干这工作是多么艰辛。他和过去一样一点也没有放松学习，又背上新的负担在勇猛前进。我直担心他的健康，但刚毅的 K 只是笑笑，一点也没理睬我的忠告。

“同时他与养父家的关系越来越纠缠不清了。时间不充裕的 K，已经没有过去那样与我谈话的机会。因此我终于没能详细地了解那事情的始末，只知道要解决它更加困难了。我也得知有人介入，试图调解，写信催促 K 回家，但 K 还是说不行，没有答应。这种倔强的脾气——K 说是因为在学年当中不能回去，但在对方看来还会认为是倔强吧。因此事态日趋恶化，K 在伤害了养父家的感情的同时，也引得亲生父亲发怒。我很担心，为了使双方恢复和气，写了封信

我不能袖手旁观

给他家，但已经不能起到作用了。我的信如沉大海，没得到片纸只字的回音。我也火了，事已如此，同情K 的遭遇的我，今后无论是非曲直如何都得站在 K 的一边了。

“最后终于决定 K 恢复原籍，养父家出的学费，由生父家偿还。而生父家又说反正不管了，以后随你的便。用过去的话来讲就是断绝关系！也许还没那么严重，但他本人是那样解释的。K 没有母亲，可以看出，他的性格在某一方面是养母教育的结果。我想，如果他的亲生母亲还活着的话，他和生父家的关系也许不会产生现在这么大的隔阂。他父亲不用说是个和尚，但在恪守信义这点上，总叫人觉得似乎更像武士。

二十二

“K 的事情告一段落后，我收到了他姐夫寄来的一封长信。K 告诉我，他的养父与姐夫有亲戚关系，所以在安排他去当养子的问题上，在让他恢复原籍的问题上，姐夫的意见都起了很大的作用。

“信中要我告诉他们事后 K 的情况如何了。还附了一句：‘因为姐姐很担心，请尽快回信告知详情。’与继承寺院的哥哥相比，K 更喜欢这位嫁到别家的姐姐。他们虽是一母所生的亲姐弟，但年龄相差很大，所以在 K 小时候，这位姐姐比起养母来，反而更像他的母亲。

“我将信拿给 K 看，他什么也没有表示，只说他也收到了姐姐两三封同样意思的信。K 说他每次都回信告诉他们不必担心，因为命运不济的姐姐，嫁到了一个生活不富裕的家庭，尽管对 K 非常同情，在物质上对弟弟也帮不上什么忙。

“我给他姐夫回了封与 K 同样的信。还特意强调遇到万一的情况，我会尽力帮助他的，请他放心。这当然是我的个人想法，当然也含有让这位担心着 K 前程的姐姐放心的好意，同时也是想要争这口气给他的生父家和养父家看看，他们对我的态度我只能认为是一种轻蔑。

“K 恢复原籍是在大学一年级，到二年级期中为止大约一年半的时间里，他都是独立地支撑着自己的生活。但看得出，过度的劳累，逐渐地给他的健康和精神带来很大的影响，当然这里面也有脱离不脱离养父家这个讨厌问题的影响。他慢慢变得感伤起来。有时，他说只有他是集人世间的人不幸于一身的人，而且我一否定他的说法，他立刻就激动起来。他还感到自己前途中的光明，渐渐与自己疏远了，心里焦躁痛苦。通常刚开始搞学问时，谁都是胸怀很大的抱负，踏上新的旅程的。一年两年过去了，已经快接近毕业的时候，突然发现自己前进的步伐太慢，多半都会为此失望。K 的情况也同样，而他的焦虑比一般人更加强烈。于是我想我应该一心一意考虑如何使他的心情平静下来。

“我跟他说不要再干那种多余的工作了，劝他暂时休养一下身体，消遣一阵，这对自己的远大前程有好处。我事先已估计到，性格执拗的 K，不会那么轻易地听我的劝告的。果然，同他一说，要想说服他比我估计的更费力，真拿他没办法。K 坚持说仅仅掌握学问并不是自己的目的，培养意志，成为一个坚强的人才是自己的理想；他下结论说，为此就非得尽量把自己置于窘迫的境地不可。在一般人看来，这简直是怪论。而且身处困境的 K 的意志一点也没有坚强起来，他反而像是患了神经衰弱症。我无可奈何，只好对他装出完全同感的样子，并声称自己也打算在人生的道路上朝着那个方向努力。（但这对于我并不完全是空洞的言辞。听了他的一番话，我渐渐地被吸引住了，因为 K 的话很有感染力。）最后我提议跟他住在一起，同走那向上的道路。为了使固执的他屈服，我竟跪倒在他面前，这样好不容易把他带到了我的住处。

二十三

“我的房间附有一个四铺席大的候客室，走进大门要到我住的房里非得通过这间四铺席的房不可，从实用的观点来看，这间房极不方便。我将 K 安置在这屋里。最初考虑在八铺席的房里摆两张书桌学习，旁边的屋子一起歇息。K 说即使狭窄一点，也还是一个人好，他选择了那间小屋。

“前面说过，太太对我的这种安排开始就不赞成。

说如果是出租公寓的话，两人比一人有利，而三人又比两人更强；但这里不是专门的租房，可能的话，还是别那样做为好。我说他绝不是个给人添麻烦的人，没关系，太太说即使不给人添麻烦她也不喜欢一个不了解脾性的人。我反问她说，开头对于我这个来借住的人不也一样不了解吗？她辩解说从一开始就很了解我的性格。我苦笑了。于是太太又换了个理由改口说道：将那种人带来对你没有好处，还是算了吧！我问为什么对我不利？这回太太苦笑了。

“其实我也并没有勉强要和 K 住在一起的必要，但是将每月的费用以金钱的形式摆在他的面前，他一定会不肯痛快接受。他自立的心是那样的强烈。所以我想将他安置在我的住处，背着他将两人的伙食费悄悄交到太太的手上。但是对于 K 的经济问题，我不想向太太吐一个字。

“我只是强调 K 的健康如何如何，说让他一个人住在一个地方，他渐渐会变得乖僻起来。我又把 K 与养父家的关系不好，跟生父家脱离了关系等等事情补充告诉她听，又告诉她说我是以一种抱着溺水的人想将自己的温暖给予对方的想法把 K 接来的，求太太小姐也和我一样，给他以热情的照顾。说到这里我总算说服了太太。但我一点也没透露给 K，他完全不知道事情的原委。这反而使我感到满足，而且若无其事地去迎接慢腾腾地搬来的 K。

“太太、小姐都热情、亲切地帮助 K 收拾行李。这都是出于对我的好意。我是这么解释，为此感到十分欣慰，尽管 K 依然是那木然的神态。

“我问 K 对新住处的印象如何？他只说了句‘还不坏’。在我看来岂止是不坏，他以前住的是一间朝北的，散发着潮湿气味，肮脏破旧的房子，食物也和房子一样坏，搬到我这来的 K，简直就像是出谷迁乔[①]一般。K 之所以没有露出那种特别欣赏的神色，一是他的好强心所致，另外也是来自他的哲理。受过佛教教养的 K，对于衣食住行上的奢侈，认为简直是不道德的。K 也东鳞西爪地读过些古代高僧圣徒的传记，所以动不动就要将精神和肉体割裂开来。也许他甚至还觉得鞭挞皮肉会使灵魂增加光辉。

“我采取尽可能地迎合他的方针，想方设法将冰

① 指由低处迁到了高处，典出我国的《诗经·小雅·伐木》：“出自幽谷，迁于乔木。”

块放到阳光充足的地方使它溶化。我相信将来溶化成了温暖的水，他自我觉醒的时刻就会到来。

二十四

“我就是因为受到太太那样的照顾，才渐渐地快活起来的。这一点我已有体会，所以想同样地在 K 身上试一试。通过长时期的交往，我很清楚 K 和我在性格上有很大的差异；但我想，就像我自从进了这个家庭，棱角多少磨平了一些一样，在这里 K 的心情总有一天也会平静下来的。

“K 是比我更具有坚强决心的人，学习也比我加倍努力，脑子天生就比我聪颖。后来我们学的专业不同，难以说明区别，但在同一班级读书时，不论是在初中还是高中，K 的名次总是在我前面，我很清楚平时不论做什么我都不及 K。但在我硬把 K 拉到我的住处时，我相信自己是非常入情入理的。依我看他似乎不懂克制和忍耐有什么区别。下面这些话是特地为了你补充的，请你仔细听着。无论是肉体还是精神，大凡我们的能力，在外部的刺激下，有时提高了，有时又遭到破坏；但不论是哪种情况，肯定都有必要渐渐地加强刺激。所以如不仔细考虑，就会出现一种可能：虽然自己正朝着非常危险的方向前进，但自己甚至身边的人，都一直没有注意到。听医生说，人们的胃是最懒惰不过的了，如果光喝粥，不知不觉中就会丧失消化比粥坚硬的东西的能力。所以医生劝人们要锻炼着什么都吃。但我认为这不仅仅是要养成习惯，而是随着刺激的逐渐增加，营养机能的抵抗力也逐渐增强的意思。如果相反地胃的能力日趋衰弱，结果会怎样，想象一下就能明白。K 是一个比我有作为的人，但是这一点他完全没有注意到。他似乎认定了，只要习惯于困难，最后困难也就算不上什么了，并坚信只要在艰苦中反复磨炼，就靠着这反复磨炼的功力，总有一天会对艰苦毫不在意了。

“说服 K 的时候，我想一定要把这些地方跟他讲清楚。但一说必定会遭到反对，他还会举出一些古人的先例来论证他的说法。那样我就又不得不把那些古人与 K 的不同之处明白地指出来，如果他能接受倒还罢了，但他的性格使他争论到了这种地步是不会轻易回头的。他还会更往前去，嘴上说了不算，还要见诸行动。这样一来，他真是个可怕的人了，又是个伟大的人，他一面摧毁自己一面前进。从结果来看，他只不过是在破坏自己的成功这一点上很伟大。尽管如此，这也是不平凡的。我十分熟悉他的脾气，结果什么也没法说了。而且在我看来，如前所说，他似乎患了神经衰弱症。就算我说服了他，他也必定会激动起来。我并不担心和他吵架，但回顾一下自己过去不堪忍受的孤独的境遇，要使好朋友K处于同样的孤独境地，我是不能忍受的。进一步把他推向更孤独的境地，我就更不愿意了。因此在他刚搬来以后的一段时间里，我一直没有对他说过类似批评的话，只是静观周围环境对他产生的影响。

二十五

“我在背后暗中努力，请求太太和小姐尽量多跟K讲讲话，因为我相信是他以前沉默寡言的生活使他变成这样。就如久不使用的铁会生锈一样，我只能认为他的心里也长了锈。

“太太笑着说 K 是一个难以接近的人。小姐还特意举出例子向我解释，比如问他火盆里有没有火？ K 答没有。又问：‘给你拿来好吗？’‘不需要。’他拒绝了。又问他：‘你不觉得冷吗？’他只回答：‘冷是冷，但也不需要火。’就不再理你了。我也不能一味苦笑，真可怜，不管怎么说，得设法改变一下这种局面。那时已是春天了。没有特意烤火的必要了，不过她们说他是难以接近的人也不无道理。

“于是我尽可能以自己为中心，努力使两位女人和 K 联系。在 K 和我说话时，就把家里其他人叫到一起，而她们和我在一个屋子里时又拉上 K，根据场合采取一定的方法，促使他们接近。当然 K 不是很乐意的，有时他突然站起来走出去了，有时怎么喊他也不出来。他说扯那些无用的话有什么意思。我只是淡然一笑，但心里很清楚，K 为此很瞧不起我。

“从某种意义上来说，也许我的确该让他瞧不起。他的着眼点也可以说比我高得多吧，我不否认。但是光眼高，别的方面不相称，也是不完美的。我想现在最要紧的就是使他成为一个常人，我发现，即使他脑子里被伟人的形象占满，只要他本人没有成为伟人，那些形象就不起任何作用。我让他成为真正的人的第一个手段，是采取让他坐在异性的旁边的办法，我试图使他暴露在那样的气氛下，使他那将要生锈的血液更新一下。

"这个尝试渐渐见效了，开头看来很难融洽，但渐渐地就凑到一块去了。他仿佛渐渐有点省悟，自己的身外还有一个世界。有一天，他对我说，女人可真不可小看。似乎 K 一开始也从女人那里寻求着和我同样的见识和学问，而后来没找到，马上就产生了轻蔑的念头。他以前不知道要根据性别改变立场，总是以同样的眼光来观察一切男女。我跟他说，如果只是我们两个男人永远地谈下去，只不过是顺着一条直线向前发展，他说不错。那时我心里正在恋慕着小姐，所以自然而然地就说出这样的话来，但是内心活动一点也没跟他透露过。

"K 的心一直被禁锢在书籍筑起的城墙里，现在渐渐地被解放出来。看到这一点，对我来说比什么都愉快。因为我开始就是抱着这个目的去做的，所以自然感受到了成功带来的喜悦。我没对 K 透露而是跟太太、小姐讲了我的想法，她们也是很满意的样子。

二十六

“K 和我虽在一个系，但专门研究的科目不同，自然地出门或是回家就迟早不一。我回来早的话，只是通过 K 那间空房到自己房里；回来晚了，就照例是和他简单地打个招呼进去。这时 K 总是将目光从书本上移开，朝正在开纸门的我打量一眼，一定会说句：‘你回来了吗。’我有时一言不答，只点点头，有时就‘嗯’一声。

“一天我去神田办点事，回来比平时要晚得多，我急急忙忙走到屋门口，哗啦一下拉开格子门。与此同时我听到了小姐的声音，分明是从 K 的屋里传来的。房间的位置是这样：进大门笔直走，是饭厅和小姐的房间两间相连，向左拐就是 K 和我的房间。我在这里住长了，哪个房间、谁在说话一听就知道。我关上格子门，小姐的声音立刻消失了。我脱鞋的时候——我从那时起已穿着时髦的、很费事的要系鞋带的皮鞋——弯腰解鞋带的时候，K 的屋里悄然无声，我觉得奇怪，心想说不定是我弄错了。我像往常一样准备穿过 K 的房间，一打开门发现两人端端正正地坐在屋里。K 像往常一样地说了声：'回来啦！' 小姐也坐着行了个礼说：'您回来了？' 或许是心理作用，那简单的寒暄语我听起来有些生硬，那传到我耳里的语调，好像不太自然。我问小姐：'太太呢？' 我的问话里没有别的意思，只因为家里比平时寂静，所以顺口问问。

"果然太太出门了，女用人也一起出去了，家里只留下小姐和 K。我有些迷惑不解，因为我虽然在这里住了很长时间，但太太从未单独将小姐和我撇在家里出门去过。我又问小姐：'是不是有了什么急事？' 小姐只是笑笑。我挺讨厌她这种时候笑，这也可以说是年轻女子的共同点吧，小姐也喜欢为一点微不足道的小事发笑。不过小姐看到我的脸色，立刻又恢复了原来的表情，认真地说：'不是什么急事，有点事出去了。' 我作为租借别人房间的人没有权利再盘问下去，我沉默了。

"我换好和服刚要坐下，太太和女用人回来了，过一会儿就到了大家都聚集在晚餐桌边的时刻。因为租房住的人被当作客人，每到吃饭时都是由女用人将食案端来，这个规矩不知不觉给改掉了，一到吃饭就被叫到对面去。K 刚搬来时我也坚持要让 K 与我受到同样的待遇，于是我向太太贡献了一张用薄木板做的、桌脚可以收叠起来的精致饭桌。现在一般的家庭都用了，但那时候能够围着这样的桌子吃饭的人家很少，那是我特地到御茶之水家具店，按我的设计定做的。

“吃饭时太太告诉我说，那天卖鱼的没有在平时上门的时间送鱼来，为了买鱼给我们吃，只好上街去了。我想确实是的，既然家里有客，这也是很自然的事。可是小姐又望着我的脸笑了，但这回被太太呵斥一声马上止住了。

二十七

“大约过了一周，我经过 K 的房间，K 又正在与小姐交谈，那时小姐一看见我就又笑起来。也许我应该马上问问：‘有什么可笑的？’可是我却终于没作声就走进了自己的房间。因此 K 也来不及像往常一样跟我招呼一声。小姐好像马上拉开槅扇到饭厅里去了。

“晚饭时，小姐嗔怪地说我是一个怪人，我那时也没问她我什么地方怪，只是注意到太太斜睨着眼瞪了小姐一下。

“饭后，我邀 K 出来散步，两人从传通院的后面绕过植物园大道，又顺着富坂下去。说是散步，路程可不算短，但散步当中说的话极少。从性格来讲 K 比我更沉默寡言，而我也不是个善谈的人。但我一边走着，一边尽量同他搭讪。我主要谈住户的一家人，我想了解一下他对太太或是小姐的看法。可是他回答的尽是些海阔天空不着边际的话。他的回答不得要领却又非常简单。看样子他把更多的注意力倾注在研究的学问上，远远超过对那两位女人的关心。因为第二学年的考试迫在眉睫，从一般人的立场来看，他也许是个名副其实的学生，而且他还瑞登堡[①]怎么怎么地说上一通，使才疏学浅的我惊奇不已。

① 瑞登堡(Emanuel Swedenborg，1686—1772)，瑞典哲学家，神秘主义者。

“我们顺利地通过了考试，太太为我们学业都只剩一年了而感到高兴。因为太太的掌上明珠——小姐的毕业不久也紧接着要来了。K 对我说，女人都是什么都没学到就从学校出来了，看来他对小姐除上学以外学的东西如针线活、弹琴、插花等全然没放在眼里。我笑他太迂，又在他面前重复起过去发表过的关于女人的价值不在这些地方的议论。他没有特别反驳，但也没有显出赞成的样子。我十分愉快，因为从他‘哼’的一声中，看得出他仍然是看不起女人的，似乎也不把女人的代表、我所熟悉的小姐放在心里。现在回想起来，我对 K 的嫉妒那时就已萌芽了。

“我与 K 商量暑假出去玩玩，他的口气是不想出去。当然，他没有那种想去哪里就能去哪里的经济条件，不过只要我邀他去，他倒是个无牵无挂哪儿都能去的人。我问他为什么不想去，他说没什么原因，觉得还是在家里读书自在。我说到避暑胜地去学习，天气凉爽对身体有好处，他说，既然那样，你一个人去好了。可我不愿意把 K 一个人留在这里，本来看到 K 与这家人日益亲近起来，心里就已经不太自在了。人家要是说，本来就是你最初所希望的，为什么又不高

K 又正在与小姐交谈

兴呢？我也无言可对，我真是个傻瓜。我们俩争论个没完没了的，太太实在看不下去了，就插进来劝说，最后两人终于决定一起去房州。

二十八

“K 不常出外旅行。我也是初次到房州。两人什么都不懂，在船到达的第一个码头上了岸。大概是个叫保田的地方。我不知道现在那里的变化有多大，那时是个很糟糕的渔村，首先到处都散发着鱼腥味。一跳入海水，就会被汹涌的波涛推倒，手脚立即被擦破，拳头般大小的石块被滚滚而来的波涛裹着不停地翻滚。

“很快我就厌烦了，但是 K 不说好也不说坏，至少他的神情是一种无所谓的样子。可是，他每次下海都受伤，我终于说服了他，离开这里去富浦，又从富浦转到了那古。那时沿岸到处都挤满了学生，都是适合我们的海水浴场。我常和 K 坐在岩石上，眺望着远处蔚蓝的海面和近处的水底。从岩石上俯视海底，海水特别清澈明净。可以清楚地看到，一般在市场上看不到的红色、蓝色的小鱼在清澈的海浪中游来游去。

“我常坐在岩石上看书，K 则往往什么也不干，只是沉默不语。不知是陷入了沉思还是被优美的景色迷住了，抑或是沉浸于美好的幻想。我不时抬起眼来问 K 在想什么，他只回答一声说：什么也没想。我常常想：这样一动不动地坐在我旁边的不是 K，而是小姐的话，那该有多么愉快呀。光这么想想倒也罢了，但有时忽然疑心起来，K 是否也抱着同样的想法坐在岩石上呢？于是，我突然对安安静静地在那里看书感到讨厌了，倏地站起身来，毫无顾忌地大声吼叫一通。我已失去了怡然自得地吟诵成篇诗词的斯文劲儿，而是像野蛮人一般嚎叫一番。有一次我突然从后面抓住 K 的脖子，问他这样把他推下海去如何，K 一动也不动，背对着我回答说：正好，推吧！我赶快放开了按着他脖子的手。

“看样子 K 的神经衰弱这时已经大有好转，相反我的神经渐渐过敏起来。我看着比我情绪安稳的 K，又羡慕又憎恨，因为他始终是一副不搭理我的神气。

在我看来那是一种充满自信的样子，然而从他身上看到了自信，我却绝不能感到满意。我的疑心又进了一步，想要看清这是什么性质的自信。他是在自己的学问和事业上对今后的光明前途又恢复了自信吗？如果仅仅是这样，K 和我之间就不会产生任何利害冲突了，我反而会高兴地觉得我对他的照顾很值得。但是，假若他的安心是对小姐的，我就决不能饶恕他。奇怪的是看来他丝毫也没有觉察到我在爱着小姐，当然我也没有故意采取那种让 K 看得出来的行动。K 在这方面本来就是个迟钝的人。因为我一开始就对 K 感到放心，所以才特意把他带到我的住处来。

二十九

“我下决心要向 K 表明自己的心迹。当然，这个打算也并不是在那个时候才有的，出发旅行前我就暗自有了这个打算，但我总是找不到表白的机会，也制造不出那种机会。现在想起来，当时我周围的人都是那么奇怪，对于男女关系没有一个人会谈出自己的心里话来。当然其中有许多人是没有可谈的，但即使有这种问题一般也闭口不谈。你生活在现代这种比较自由的空气里，一定会觉得我们那时很奇怪吧！那是道学先生的余习，还是一种羞涩心理？这就只有听凭你去判断了。

“K和我的关系是无话不可谈的，我们也并不是没有偶尔涉及过爱啦恋啦之类的问题，但往往落于空论。并且就是这种话题也谈得很少，大多是谈论有关书籍、学习、未来的事业、抱负、修养等问题。久而久之，不管我们多么亲密，也不会突然改变习惯的。我们两人就是这样一种一本正经的亲密朋友。自从我打定主意想把我爱小姐的事向K表白以后，我不知有多少次感到了令人难耐的烦恼。我总想找到一种适当的方式，缓缓地把消息吹到K的心里去。

“你们看来是十分可笑的事，对当时的我来说，也是个极大的难题。即使是在旅行中，我也和在家时一样畏怯。虽然我始终在观察着K，想寻找机会，而他那种格外清高的态度，使我一筹莫展。依我看，他的心简直就像被一层很厚的黑漆裹住了一般，我想注进去的血液一滴也未渗入他的心脏，全部都被弹回来。

“有时，因为K的情绪很昂扬，我反而放心了，内心懊悔自己不该怀疑，同时也对K感到内疚。在内疚的同时，又觉得自己像个非常低级的人，心里猝然厌烦起来。但是过了一阵子，以前的怀疑又恢复了，狠狠地折磨着我。因为一切都是从怀疑推出来的结论，所以全都对我不利：看上去似乎K在容貌上比我更讨女人喜欢，性格也不像我那样鼠肚鸡肠，会更中异性的意。K有些地方颟颟顸顸，而有些时候又具有说一不二的男子汉气概，在这一点上又比我占优势。就学习能力来说，我们尽管专业不同，但我自知绝不是K的对手。——对方所有的优点一下子都浮现在我的眼前，稍许有些心安了的我立刻又陷入了原来的不安之中。

“K见我心神不定，说：‘要是厌烦了的话，暂且回东京去也行。’他这一说，我忽然又不想回去了，事实上也许是不想让K回东京。我们两人绕过房州海角到达对岸。我们顶着炎热的夏日，心里被痛苦折磨着，在上总走了七八里又走七八里[①]，没完没了地走。我甚至不知道这么赶路有什么意思了，我半开玩

① 在上总问路，当地人会告诉你就在那里不远；说是“那里”，走起来会有一日里（约合四公里）。

笑地跟 K 说到这一点，于是 K 说：‘有脚就走嘛。’走着走着觉得太热，就说：‘下海吧！’也不管什么地方就泡到海水里去了。接着又受那赤日的炙烤，两人都疲惫不堪了。

三十

“老这么走着，由于酷热和疲劳，身体自然就有点失去了常态。当然这跟生病不同，觉得就像是自己的灵魂附到了别人身上一样。我虽然和平常一样同 K 闲聊着，心境却总好像不同于往常。对他的亲密和憎恨好像都带有旅途这种特殊的色彩。就是说两人由于炎热，由于海潮，又由于步行，已产生了一种与过去迥然不同的新关系，那时我们就像路途结伴的行商似的，说的话都跟往常不同，从未触及过一次要动脑筋的复杂问题。

“我们就这样终于来到了铫子。一路上只有一件事使我至今难以忘怀。还是在离开房州以前，两人到一个叫作小凑的地方，去游览鲷鱼湾。因为已是多年

我们就像路途结伴的行商

前的事了，再加上我当时并不很感兴趣，所以记不太清楚了。据说那里是日莲[①]出生的村庄。传说在日莲诞生的那一天，有两条鲷鱼被冲到了海边的岩石上。从那以后，村里的渔夫都不敢捕捞鲷鱼，一直传到今天，所以海湾里的鲷鱼多极了。我们特地租了一条小船去看鲷鱼。

“那时我只是一心一意地注视着海面，兴致勃勃地看那在波涛中游动的略带紫色的鲷鱼，觉得那景象很有趣。但看样子 K 不像我那么有兴趣，他在想着日莲的事，远胜过看鲷鱼。恰巧那里有个称为降生寺的寺院，大概因为是日莲出生的村庄，因此取名为降生日莲寺吧。那是一所很雄伟的寺院。K 提议去寺院会会住持。要说那时候，我们的一身打扮都很怪。尤其是 K，他的帽子被风吹到海里去了，买了一顶斗笠戴在头上。不用说两人的衣服都十分肮脏，还散发着汗臭味。我说不要去见和尚了吧，可是 K 很犟，不肯听。说我要不愿意，就在外面等着他。我无可奈何，只好随他一起走进山门，心里

① 日莲，佛教的一派——日莲宗的开山祖师。

想一定会遭到拒绝的。然而和尚给了我们意外的礼遇，将我们带到一间很讲究的客厅，立刻见了我们。那时我的心绪和K不同，所以无心去倾听和尚与K的谈话，K好像在没完没了地打听有关日莲的情况。和尚说，正如日莲被称为草日莲，草书写得非常漂亮。当和尚说到这里时，我注意到不擅长写字的K露出了无所谓的神色。K想了解比写字更具有深远意义的日莲。和尚是否满足了他的要求还是个疑问，但他一出了大庙的院子，就开始不停地向我唠叨起日莲来了。天气炎热，我觉得很疲乏，不想和他多啰唆，只是嘴里随便找些话应付着，后来连这也觉麻烦，就一句话都不说了。

“大概是第二天晚上吧，两人回到住地吃完饭，就在快要睡觉之前，两人忽然争论起一个复杂的问题来。K对自己头天对我谈起日莲的事情时，我没有理睬，感到很不高兴，他说：‘精神上没有上进心的人是废物。’想要把我当作个十分低级的人一般刺我一下，但是我心里正为小姐的事感到不痛快，所以对他近似于侮蔑的言辞，不能只笑笑了事，我开始为自己辩解起来。

三十一

“那时我不断使用‘有人情味’这个词语，K说我正是在有人情味这个词语中，隐藏着自己的一切弱点。诚然，后来想想，正是K所说的那样。但是为了使K能明白他没有人情味，我才使用起这个说法的，出发点已经是反击的性质了，所以不可能有反躬自省的余地。我仍坚持自己的看法，于是K问我，抓住了他什么毛病说他没人情味。我告诉他：你是个有人情味的人，也许你的人情味还过了头，但光在嘴上说些没人情味的话，而且装着个不通人情的样子。

“我这么说的时候，他只说也许自己缺乏修养，所以别人那么看他，一点也没想要反驳我。我完全失算了，反倒可怜他起来，我立刻就停止了争论。他的情绪也渐渐低落下去，怅然地说如果我像他一样了解古代的人的话，就不会那么攻击他了。他说的古代的人，当然既不是英雄也不是豪杰，而是指为了拯救灵魂而使皮肉受苦，为了信仰而鞭挞身体的所谓苦力修行的人们。他明对我说，我不知道他为此痛苦到什么程度，这实在太遗憾了。

“K 和我只谈到这里就睡了。从第二天起又恢复了普通的行商态度，流着满头大汗赶路。一路上我不时地想起昨晚的事，对我来说实在是个最好的机会了，可是我却佯作不知，错过了时机，一种悔恨之心在熬煎着我。我要不用有人情味这类抽象话语，更直截了当地向 K 表白就好了。老实说，我创造这种说法，是以我对小姐的感情为基础的，与其把从事实中抽象出来的理论灌进 K 的耳里，还不如索性将自己的想法原原本本地暴露在他面前，对我要有利得多。我坦白地对你说，我之所以没能这么做，是由于我们两人的友谊是以学问上的交往为基调的，在这里自然产生了一种因循，而我缺乏下决心突破它的勇气。说是过于装腔作势也好，虚荣心作怪也好，都一样，不过我的所谓装腔作势、虚荣心的意思与一般说的有些不同，这一点只要你能理解，我也就满足了。

“我们晒得黑黝黝地回到了东京。回来的时候我的心情又变了，有人情味没人情味之类的小道理脑子里一点也没有了。K 也全然看不出那种宗教家的风度了。这时在他心里恐怕根本就没有什么灵啦肉啦之类的问题了。两人以一种异邦人般的神色东张西望地看着那显得很繁忙的东京。然后来到了墨田区东的两国，尽管天气闷热，两人还是吃起了暹罗鸡。K 说就势走着回小石川去吧！从体力上来讲，我比 K 要强，所以立即答应了。

“到了家，太太见到我们的样子吃了一惊，两人不光是皮肤晒得黝黑，由于过度的奔波，消瘦得很厉害。太太赞许说：‘尽管如此，倒显得结实健壮了。’小姐说太太自相矛盾真好笑，说着又笑了。旅行前我经常为她的发笑生气，这时心情却很愉快。大概由于是在那样的场合下，又是很久没听到这笑声的缘故吧！

三十二

“不仅如此，我注意到小姐的态度与以前有点不同了。经过长时间的旅行，在我们恢复到平常那样的安宁之前，一切事都需要女人的照应。对于太太我倒没留意，看得出来，小姐总是先照应我，然后再轮到K。这样明显地区别对待，也许反而使我尴尬，我觉得有时反而难免让人感到不愉快，但小姐的做法在这方面甚为得体，所以我很高兴。也就是说，小姐多给了我一分亲热，但却只让我一个人能意识到。因此，K很平静，毫无不乐意的样子。我在心中暗自庆幸自己的胜利。

“不久暑假结束，从九月中旬起我们又必须去学校上课了。由于我和K的学习时间的差别，出入家门的时刻还是有早有迟，一周中我大约有三次要比K回来得晚，但无论哪次回来也不再看见K的寝室里有小姐的身影了。K像以往那样地瞧瞧我，一成不变地重复着‘回来啦’这句话。我的回答也极其机械、简单而且毫无意思。

“大概是十月中旬吧！有一次我睡过了头，穿上和服就急匆匆地赶到学校去。脚上穿的鞋我也嫌系鞋带费时间，拖上双草履就跑去了。从时间安排来看，那一天我应该比K先回来。一到家我哗啦一声打开门口的格子门，猛然听到我以为不在家的K的声音，同时小姐的笑声也清楚地传入我的耳里。因为我没像往常那样穿那费事的皮鞋，所以很快就进了门，打开了槅扇。我看见 K 仍和平常一样坐在桌前，而小姐已不在房间了，我只是看到了她似乎是从 K 的房间里逃出去的背影。我问 K‘怎么这么早回来了’，K 说心里不好过，所以回来休息了。我走进自己屋里呆然坐着，不久小姐给我端了茶来，这个时候小姐才向我打招呼说：‘您回来了。’我不是那种能笑着问她刚才为什么逃走的开通人，而是心里老是嘀咕的那种人。小姐马上就起身沿着走廊到对面去了，但在 K 的房前停了一会，站在外面同屋里的 K 说了两三句话。似乎是接着刚才没有说完的话，我没听到前面的话，所以一点也不知道他们在说些什么。

“渐渐地小姐的态度又不在乎起来，即使是 K 和我都在家的时候，也常常到 K 的走廊旁来喊他的名字，而且还进到屋里待一会儿。当然有时是来送邮件，有时是来放洗好的衣物，从同住在一个住宅的两个人的关系上来看，这种交往应该说是当然会有的。但我被一种一定要把小姐占为己有的强烈欲望所驱使，怎么也不能认为这种交往是当然的，有时甚至觉得，小姐是故意回避上我屋里来，而光到 K 的房间去。你也许会问，既然如此为何不再让 K 搬出去呢？但是那样干的话，就是当初我硬把 K 拉来同住的主意打错了。我是不能那样做的。

三十三

“十一月里冷雨霏霏的一天，我的外套让雨打湿了，我像往常一样过蒟蒻阎罗[①]，走上狭窄的坡道，回到家里。K 的房间空无一人，但火盆里刚上的炭烧得热烘烘的。我也想赶紧烤烤冰冷的双手，急忙拉开自己屋里的门。一看，我的火盆里只剩了白白的冷灰，一点火星也没有，我立刻感到异常的不痛快。

“听到我的脚步声赶忙出来的是太太，她看到我默默地站在屋中间，怪可怜地帮我脱掉外套穿上和服，听我说冷，立刻从隔壁屋子端来 K 的火盆，我

① 供在文京区初音町（现在的小石川一丁目）的源觉寺境内的阎罗，因参拜人供奉蒟蒻（即魔芋）而得名。

问：‘K 已回来了吗？’太太说：‘回来又出去了。’按上课时间那天 K 也应该比我晚回来才是，我在想不知是什么原因。太太说：‘也许有什么要紧事吧。’

“我坐在那里看了一阵书，屋子里格外宁静，一点声音也没有，我感到初冬的寒气和孤寂袭人。我马上将书翻过来放下站起身来，突然想去热闹的地方走走。雨终于停了，天空还是阴云低垂，为了以防万一，我扛了一把蓝纸伞，沿着兵工厂后面的土围墙向东下了坡，那时道路还没有整修，坡道的坡度比现在陡多了，路面也窄，不那么直。而且，一走到那个低谷，因为南面被高大的建筑物堵住了，又排水不良，路上很泥泞。特别是过了一条细石桥到柳町的那条大道上，一路更是泥泞得厉害。不管是穿高齿木屐还是穿长筒靴都不能随意乱走，每个行人都必须顺着道路中间由于泥浆自然分开而形成的窄道，小心翼翼地走过去。窄道只有一二尺宽，简直就像行走在铺在大街上的一条带子上一样，行人排成单行徐徐地穿过。就在这条细带上，不期遇到 K。当时只顾留心着脚下，直到和他面对面了也一点没发现他。我忽然觉得自己前面给什么人挡住了，偶然抬起头，才认出站在那里的K。我问他上哪去了，他说随便走走。他的回答跟平时一样随便。K和我在细带子上调换过身子，于是我一眼看见紧站在K后面的一位年轻女子。我眼睛近视，和K说话时也没看清，把K让过去后，一瞅那女人的脸，才认出就是房东家的小姐，我一惊非小。小姐微红着脸跟我打了个招呼。那时妇女的发型与现在不同，头发不是向前突起，而是在头的正中间像蛇似的盘着。我木然地盯着小姐的头，接着意识到我们总得有一个让路，我果断地将一只脚踩进泥里，腾出比较容易走过去的一条路让小姐过去。

“来到柳町街上我自己也不知道往哪儿去才好，觉得上哪儿去都没意思了，我毫不在乎泥浆四溅，在一片泥泞中自暴自弃地走了一通，然后很快返回了住处。

三十四

“我问K是不是跟小姐一起出去的，他解释说不是，他们在真砂町偶然相遇就一同回来了。我不得不抑制住进一步的追问，但在吃饭时，又忍不住想问小姐了。小姐又露出了我讨厌的那种笑。末了说：‘到哪去了？您猜猜看。’那时我还是一个脾气暴躁的人，受到年轻女子这么不认真的对待，十分生气。可是留意到我的神色的只有同桌吃饭的太太一个人。K 不必说是若无其事的。至于小姐的态度，是明知而故意这样做，还是真不懂，天真地取闹？这两者有点难以区别。作为年轻女子，小姐是位很注意思前想后的人，然而，年轻女子都有的那种我所讨厌的地方，也很难说她身上没有。而且这讨厌的地方，是在 K 来这以后，我才注意到的。我有点弄不清楚，我应该把它归于我对 K 的嫉妒呢，还是应把它看作是小姐对我的一种手段呢？我至今也不想否定那时我的嫉妒心。因为正如我经常有的情况那样，我清楚地意识到在爱的后面有这种感情起作用。也因为在旁人看来，这种感情几乎总是在一些微不足道的琐事上抬头。说起来虽是题外的话，这种嫉妒不就是爱的另一面吗？我结婚以后，自己感到这种感情渐渐地淡薄了下去，而爱情也没有以前那样热烈了。

“我开始考虑，要将自己一直犹犹豫豫不敢公开的那颗心，下定决心向对方掷过去。我说的对方不是小姐而是太太。我想与太太开诚布公地讲明要她把小姐嫁给我。但是尽管这么下了决心，却又一天天地拖延了下去。照此看来我好像是个优柔寡断的人，而且这样看也没关系，实际上我难以进行并不是由于意志力不够。在 K 没来时，不愿意上当的这种自制力束缚着我，结果一步也没敢动；K 来以后一种认为也许小姐对 K 有意的怀疑又制约着我。我坚决认为，如果小姐对于 K 比对于我更倾心的话，我的恋情就没有说出来的价值了。这跟不愿意丢脸又不完全是一回事，不管我这一方怎么想，如果对方心里把爱情倾注在别人身上，我也不会愿意同这种女人一起生活的。人世间也有那种不管对方愿意与否都要把自己喜欢的女人娶过来的人，当时我认为那是比我们要滑头得多的人，要不就是不懂得爱情心理的蠢材。我当时正是热血青年，是决不会同意那种只要娶到手就总会安下心来的逻辑的，也就是说我是极为高尚的爱情理论家，同时又是不切实际的实践家。

“在长时期的共同接触中，时常有机会直接向小姐本人表白我的心思，我都故意地回避了。日本的习惯是不容许这样求爱的，这种意识在我思想上很强。

但也绝不能说只是这种意识束缚着我。我估计日本人，尤其是日本的青年女子，在那种场合，都是缺乏毫无顾虑地向对方剖明心迹的勇气的。

三十五

“由于这样的缘故，我无论向哪一个方向都不能前进，一直裹足不前。身体不好睡午觉时往往有这种情况吧：只有眼睛睁开了，清晰地看到了周围的一切，但手脚怎么也不能动弹。我有时就尝到了这种人所不知的苦楚。

“一来二去，这一年又完了，春天又到了。一天太太问 K 能否带个朋友来玩玩纸牌，K 立即回答说他没有一个朋友，太太为之十分惊讶。的确，K 是没有一个称得上朋友的人的，在路上相遇打声招呼的人多少还有几个，但他们绝没有能在一起玩纸牌的交情。太太又转向我说，那么叫几个你的熟人来怎样？我碰巧无心玩那种热闹玩意儿，就随随便便给了个回答，把这事给搁了。可是到了晚上K和我终于被小姐拉去了。因为没一个客人来，只是家里的几个人一起玩牌，显得异常寂静。而且K没有玩惯纸牌，就像个看牌的人一样。我问K究竟知不知道百人一首的和歌[①]，K说不很清楚。小姐听了我的话，大概以为我是在轻视K，就明显地帮起K的忙来，最后两人几乎是联合起来和我对着干的样子了。要是对手是别人，我也许会跟他们吵起来，幸而K的态度跟一开始一样，我看不出他有什么得意的表现。所以我也就平安无事地应付过去了。

"过了两三天以后，太太和小姐说是要去市谷的亲戚家，一早就出门去了。K和我都没有到开学的时候，所以就跟留在家里看家一样。我既不想看书又不愿出去散步，只是漠然地将臂肘搁在火盆边上抚着下巴沉思着。K在隔壁屋里也没出一点声音。屋里非常安静，静得简直不知道两人在不在家。不过这种事在我俩之中并不特别稀罕，所以我对此也没格外留意。

"十点左右，K冷不防打开门，与我四目相对。他站在门槛上问我在想什么，我本来就什么也没想，

---

① "百人一首"是一百个和歌诗人每人一首和歌的诗集，日本纸牌上有的也是每张上面有一首和歌。

如果想的话，也许仍是关于小姐的问题。小姐的事当然还带着太太在内，近来好像 K 也成了与此事不可分离的人一样，总是在我脑子里转着，使这个问题复杂化了。我虽然朦胧地一直把他当作绊脚石，但同他面对面的时候，却又不能明确地回答他。我依然望着他默默不语。于是 K 不客气地走进我的房间，在我正在烤着的火盆旁坐下。我立即将两肘从火盆边收回来，把火盆稍稍推向 K 那边。

“K 跟我说起了一些不同于寻常的话，问起太太和小姐上市谷谁家去了。我说大概是到婶母家去了。K 又问那婶母是干什么的，我告诉他也是一位军人的妻子。接着他又问，女人拜年一般是在过了十五以后，为什么太太她们这么早就出去了，我只好回答说不知道。

三十六

“K 一直不停地谈论着太太和小姐的事，末了还打听起我也无法回答的内情。我与其说是觉得厌烦，不如说是感到非常奇怪。想想以前我主动提起这个话题时 K 的表现，我不能不意识到他的变化。我终于问他：‘你今天怎么光讲这件事？’这时他突然沉默了。可是我注意到他紧闭的嘴角在不停地颤动。他本来是个寡言的人，平时有个毛病，想要说什么话，说之前嘴巴就要颤动。他的嘴唇像是故意跟他作对似的，不是轻易张得开的，正因为如此，他的话里也包含着更重的分量，一旦说出来，那声音比一般人的声音具有加倍的力量。

“凝望着他的嘴唇，我感觉到他还有什么话要说。但那到底是做什么准备，我都完全没有预感到，所以他说出来时我大吃一惊。请你想象一下吧：当他笨嘴结舌地公开他对小姐的难耐的相思时，我是什么情景！我被他的魔术棒一击，就像变成了化石一般，连动一动嘴巴的能力也没有了。

“那时我是成了恐惧的化石呢，还是成了痛苦的化石呢？总之，我是成了一块石头！像石块或者铁一般从头到脚都骤然硬直了，硬得连呼吸的弹力都丧失了。幸好这种状态没持续很长时间，一刹那后，我又恢复了神志，而且马上意识到：完了，被人抢先了。

“但是，我完全不知道以后该怎么办，大概也没有这种想的时间，从腋下冒出的惊恐的汗水透湿了衬衣，我强忍着一动未动。K 那时仍和平时一样，一旦开了口，就呢呢喃喃地把自己的心事表白下去。我痛苦极了。我想也许那痛苦如同大幅广告，以清晰的字体贴在我的脸上，即使是 K 也不应该注意不到。可是他毕竟是他，因为将一切心思都集中在自己的事情上，一点没有留心到我的表情。他的表白自始至终贯穿着一个调子，十分钝重，但给我的印象是很难再改变。我的心一半在听他的表白，一半不断地被怎么办、怎么办的思虑弄得紊乱如麻。所以对他谈到的一些细节几乎就没有入耳，只有他说话的调子猛烈地震撼着我的心。由此，我不仅感到前面说过的那种痛苦，有时还感到一阵恐惧，也就是说我萌发了对方比我强的恐怖念头。

“K 说完一通时，我什么也说不出来。我并不是在权衡这样的利害关系而沉默的：应该同样做一番表白呢，还是不公开好呢？我只是什么也说不出来，而且也不想说。

“午饭时，K 和我面对面地坐着，女用人侍候我们吃饭，这顿饭我吃得最没有滋味。吃饭时，两人几乎没开口说话。太太和小姐是什么时候回来的，我也不知道了。

三十七

“K 和我各自回到自己的屋里，再没打照面，K 依旧和早晨一样安详，我也一声不响地在沉思着。

“我觉得应该向 K 说出自己的心事，但又想这已经太迟了，为什么刚才我不打断 K 的话发起反攻呢？看来这是极大的疏忽，至少紧接着在 K 之后，趁机说说自己的想法，那也不错。而现在 K 的表白已告一段落，我又开口说出同样的事来，怎么想我也觉得不妥当。我找不到克服这种不自然状态的办法，悔恨折磨得我头晕目眩。

“我想 K 要是再一次拉开槅扇主动来找我谈话就好了。就我来说，刚才简直等于是受到了一次突然袭击，我完全没有应付 K 的准备。我的内心是想把上午失去的东西重新夺回来。因此时时抬起头来望望槅扇，可是槅扇始终不开，K 总是静悄悄的。

“渐渐地我的头脑被这寂静扰乱了，K 正在槅扇的那一边考虑什么？我非常想知道这一点。平时两人也始终是这样隔着一道槅扇互相默不作声，平常 K 越是安静，我越容易忘记他的存在，所以那时的我简直可以说是失常了。然而我又不能主动去拉开槅扇。我一旦失去了表白心迹的机会，除了等待对方再说起之外，别无他法。

“最后我无论如何也坐不住了，再这样硬着头皮待下去，我就会产生冲到 K 的屋里去的冲动的，我无可奈何地站起身来走到走廊上，从那里来到饭厅，毫无目的地，抓起铁壶倒了一碗水喝下去，然后出了大门。我故意避开 K 的房间，就这样来到了大街上。我当然是漫无目标的，只是无法再待下去。去哪儿对我都无所谓，只是在正月的街道上乱走。不管走到哪里，脑子里都塞满了 K 的事情。我也并不是为了忘了 K 而出来逛的，而是自己想主动分析一下他的为人，而出来走走的。

“在我看来，首先他是个很难理解的人。为什么突然向我表白心事？又为什么他的恋情热烈到了非说出来不可的程度？以往的 K 跑到哪里去了？一切都令我费解。我很了解他的倔强和一本正经的性格，我相信，在决定我以后应该采取的态度以前，有很多有关他的事必须问明。同时我觉得今后要同他打交道，实在是太可怕了。我不顾一切地在街上走来走去，眼前始终不时出现坐在屋里的 K 的形象。不论我走到哪里都仿佛听到 K 是不可动摇的这一声音，就是说他对我来说像是一个妖怪，我甚至感觉到我很久就受害于他了。

“当我筋疲力尽回到住处时，他的屋里依然静悄悄的好似无人一般。

三十八

“进家门不多一会儿，就听到一阵车轱辘声。那时没有现在这样的胶皮车轮，咣唧咣唧令人心烦的响声老远就听到了。车子很快在门口停了下来。

同他打交道，实在是太可怕了

“我被叫出来吃晚饭时，已是三十多分钟以后了，隔壁房间里四处扔着太太小姐换下来的外出服装，把屋子搞得乱糟糟的。她们说怕回来晚了对我们过意不去，所以为了赶上做饭的时间，两人匆匆忙忙赶回来的。但太太的热情对 K 和我都不起作用。我坐在餐桌旁，似乎舍不得说话一样，光说些冷漠的应酬话。K 比我更寡言。母女俩偶尔相随着出去一趟，心情比平时更是兴奋，所以我们的态度就益发引人注意了。太太问我怎么了，我说心里有些不痛快，其实我心里确实不痛快。这时小姐又同样问起 K，K 不能像我一样回答心里不痛快，只说不想说话而已。小姐又追问为什么不想说话？这时我忽然睁开沉重的眼皮瞅了 K 一下，我怀着好奇心，看他会怎么回答。K 的嘴唇照例轻轻地颤抖着，不知内情的人只会以为他是给问住了，小姐笑笑说：‘是在想着什么碍难出口的事吧？’K 的脸微微红了。

“那天晚上，我比平常早上床，吃饭时我说过心里不大舒服，太太惦记着，十点钟左右给我端来荞麦面汤。但我的房间已经是一片黑暗，太太轻声喊着，把槅扇拉开一条小缝，煤油灯的光亮从 K 的桌上淡淡地斜射进我的屋里，我看见K还没有睡。太太坐在我的枕边说：‘大概是感冒了来，喝口汤暖暖身子！’说着，将碗送到我的嘴边。我只好让太太看着我喝完了稠稠的面汤。

“很晚很晚，我还在黑暗中思索着。当然只是翻来覆去想着一个问题，此外什么办法也没有。突然一想，K现在在隔壁房里干什么呢？我下意识地‘喂’了一声，对方也‘哎’地答应了一声。K也还没睡，我隔着槅扇问道：‘还没睡吗？’他简单地答道：‘马上就睡。’我又问：‘你在干吗？’这回K没有吱声。过了五六分钟，我清楚地听到壁柜哗啦一下打开，接着是铺床的声音。我问：‘已经几点了？’‘一点二十分。’K答道。很快油灯呼的一下被吹熄了，整个屋子陷入一片黑暗之中，静悄悄的。

“在黑暗中我的头脑越来越清醒，又下意识地喊了声‘喂’，K也仍用那种调子‘哎’了一下。我终于开口说，我想再详细地谈谈今早听到他讲过的事，问他怎么样。当然我不想隔着槅扇交谈这种事，不过我想K的回答是可以得到的。可是K刚才两次被叫，两次都痛快地答应了我，而这次没有答应，只是低声地嘟哝道：‘是啊！’我不由得心里一惊。

三十九

“K 的暧昧回答到了翌日，甚至到了第三天仍从他的态度里明显地反映出来，在他身上看不出一点要主动触及那个问题的样子。当然也没有机会。我很清楚，太太、小姐不一起外出的话，我们两人就不可能慢慢地冷静地说起那个问题。虽然明白这一点，内心却十分焦躁不安。我本打算等对方开口，自己暗暗准备着对付，结果现在我下决心一有机会，就主动开口。

“同时我留心观察家里每个人的表情，可是太太的态度也好，小姐的举止也好，与往常没什么不同。如果在 K 表白之前和表白之后，她们的举动没有明显的差别，那么就说明他只对我做了表白，小姐本人和作为监护人的太太都还不知道。这么一想，我稍许安下心来。并想与其勉强地制造机会，故意提出来谈，还不如注意不错过自然而然地到来的机会为好。因此，决定暂时不去碰那个问题，把它悄悄地搁在一边。

“这么一说听起来非常简单，但我内心的活动过程，就像涨潮退潮一般时起时伏。我看见 K 毫无动静，心里就做了各种各样的猜测；还观察太太、小姐的言行举止，怀疑她们的内心是不是真的和她们的言行一致。并琢磨着人们心中装置的复杂机器，是不是能像时针那样真实明了地指着针盘上的数字。总而言之，你要知道我是把同一件事左猜疑，右推测，最后才稳定在这个决定上的。说得更复杂点，也许稳定这个词，在这个时候是根本不应该用的。

“后来学校开学了，在上课时间相同的日子里，我们就相伴出门，碰巧的话，两人也一起回来。外表看上去，K 和我与以前没什么异样，仍旧亲密无间，但是内心却都在考虑着各自的心事。一天，在大街上，我突然逼问 K。我问的第一个问题是，最近的表白是仅仅对我说了，还是也告诉了太太和小姐。我心中想，以后应采取的态度，得等他对这个问题进行回答后才能决定。K 声明对其他任何人都没有透露过。我看到事情正如我所料，心里暗自高兴。我深知 K 比我精明，并自知不能和他的胆量匹敌，不过另一方面又分外信任他。虽然他在学费一事上欺骗了养父家三年，但我对他的信任丝毫未减，相反我更信赖他了。所以即使我疑心很重，心里对他的明确答复也无法怀疑。

“我又问 K 他打算怎样处理他的恋爱，仅仅只是表白一番呢？还是想在表白之后采取实际行动呢？一问到这里，他就答不出话来了，默默地低着头走路。我恳求他别对我隐瞒，把他想的都告诉我。他明确肯定地说没有对我隐瞒的必要。但是对于我想要知道的那一点，他一字也未回答。因为是在大街上，我也没法特地停下来追根刨底地打听。事情就这么不了了之。

四十

“有一天，我走进久未光顾过的图书馆。在一张宽大的桌子的一角坐下，半个身子沐浴着从窗外照射进来的阳光，将新到的外国杂志翻过来覆过去地一本本浏览。我的任课老师吩咐我在下周之前查阅一篇有关我的专业的资料，但是我怎么也找不到所需要的东西，所以我不得不反复地借换杂志。最后，我好不容易找到了我需要的论文，立刻全神贯注地阅读起来。突然宽大的桌子对面有人轻声地唤我的名字，我一抬眼看见了K正站在桌边。K的上半身弯着俯在桌子上，脸向我靠近。你知道图书馆是不能大声说话的，不然影响别人。K的做法是谁都如此的很平常的事，但在这个时候，我感到很奇怪。

“K低声问：‘在用功吗？’我说：‘查阅点资料。’K并没把脸缩回去，用同样压低的声音问：‘一块去散散步好吗？’‘稍等一会，可以。’我答道。他说了一声‘我等你’便在我面前的空位上坐了下来。于是我一下子精力分散了，无心再读杂志。我不由得想，一定是K心里有什么事来找我商量，我不得已将刚开始读的杂志合上来。刚要站起身，K平静地问道：‘已经读完了吗？’我说：‘没关系。’便还了杂志，跟K一起走出了图书馆。

“两人没别的地方可走，所以从龙冈町来到池端，又走进上野公园。这时K突然开口向我提起那个问题。从前后的情景综合来看，K就是为此特意

“一块去散散步好吗”

拉我出来散步的。但是他的态度在实际的方面仍没有一点进展，他只是漠然地问我是怎样想的。所谓怎么想，就是问我是用怎样的眼光来看待陷于恋爱深渊里的他的。一句话，K 是就他自己的处境，想征求我的看法。从这里我想我的确发现了他与平时不同之处。我说过多次了，他天性不是顾忌别人看法的软弱人，而是一旦有了信念就有胆量和勇气一个人勇往直前的人。他养父家的事情在我的心里留下了这一强烈的印象，所以我当然会明显地意识到目前 K 的言行举止不一样了。

“当我问 K 有什么必要征求我的意见时，他用一种不同往日的悄然的口吻说自己是一个软弱的人，实在是觉得不好意思。因为拿不定主意，所以不知道该怎样办才好，只好听听我的客观的看法。我马上追问他拿不定主意是什么意思？他解释道：是前进好呢还是回避好呢？为此感到十分为难。我又进一步问，如果想后退的话，能退得了吗？他忽然一下僵住了，只说了句：‘很痛苦。’实际上从他的表情就能清楚地看出他的痛苦。如果涉及的人不是小姐的话，我真会像在他充满渴望的脸上洒下慈雨一般给他一个恰当的回答。连我自己也坚信我生来就是富于这种善良的同情心的人，可我当时却不是这样的。

四十一

“我就像同别的流派的人比武一般，仔细地研究K。我将我的眼睛、我的心、我的身体，所有属于我的一切，不留一点空隙地做好准备来对付K。天真的K丝毫也没有防范，与其说他到处有隙可乘，不如说是敞开了大门——如同我从他自己手中拿过他保管的要塞地图，在他面前从容不迫地观看一般。

“我发现K在理想和现实之间彷徨，游移不定。因此我紧紧地盯着只需一击就能把他打倒的那一点，并且马上抓住了他的弱处。我对他忽然表现出一种严肃、郑重的态度。当然这是出自策略，也有与此态度相应的紧张心情，所以没有感到自己滑稽、可耻的余地。我首先抛出了‘精神上没有上进心的人是废物’这句话。这是两人在房州旅行时K对我说的话。我将他使用过的语言，用和他同样的口吻，重又向他投回去。不过这绝不是为了复仇，坦白说，这里面包含着比复仇更为残酷的意思。我是想用这句话来挡住 K 面前的爱情之路。

“K 是出生在真宗寺的孩子，可他的思想倾向从中学时候起就跟他生父信奉的教义毫无接近之处。教义上的区别我不很清楚，所以没有说这种话的资格，但我仅仅是在男女关系问题上这样来观察 K 的。K 喜欢用修身养性这个词，我理解为这里面包含着禁欲的意思。可是后来一问它的实际含意，原来里面还包含着比这还要严格的意思，我吃了一惊。为了修道必须牺牲一切是他的第一信条。慑欲、禁欲不用说，即便是离开了性欲的恋爱也是修道的障碍。K 独立生活的时候，我常常得去听他那些道理，那时就恋慕着小姐的我，势必要对他进行激烈的反驳。我一反对，他总是显出为我感到遗憾的神色，而那里面轻蔑的成分要比同情的成分多得多。

“因为我们两人过去一直有这样一种关系，所以，‘精神上没有上进心的人是废物’这句话无疑会使他痛心疾首。但是如前所述，我并不是打算用这一句话去摧毁过去他苦心孤诣地筑成的精神城堡，相反地，我要让他继续筑下去。不管是得道还是升天都和我无关，我只是担心K忽然改变生活方向会与我的利害发生冲突。总之，我的话仅仅是利己心的表现。

"'精神上没有上进心的人是废物。'

"我又重复了这句话一遍，而且注视着这句话在K身上起什么样的作用。

"'是废物。'一会儿K答道，'我就是废物。'

"K突然停下，站在那里一动不动，凝视着地面。我不由心里吓了一跳，感到K刹那间仿佛是豁出来了似的。可我注意到他的声音太缺乏力量了。我想从他眼睛里探索点什么，但他到最后也没看我一眼，接着蹒蹒跚跚地又走了起来。

四十二

"我和K并肩漫步，内心暗暗等待着他下面将要说出来的话，或许说是埋着伏兵等待更为恰当。那时我甚至觉得即使暗算他一下也无妨。不过我也是受过相当教育，有一定的良心的人。如果有谁来到我身旁向我耳语道，‘你真卑鄙’，一瞬间，也许我会猛然惊醒过来。假如 K 就是此人，我恐怕会在他面前面红耳赤。可是 K 太真实，太单纯，心地太善良了，不会来斥责我。鬼迷心窍的我，没想到要对他这一点表示敬意，反而乘虚而入，想利用这点来打倒 K。

“过了好一会，K 叫着我的名字望着我，这回我自然停住了脚步。K 也站住了。这时我得以正视 K 的眼睛。K 比我身材高大，我必须仰着头看他。我那时的神气就像恶狠狠的狼盯着一只无罪的羔羊。

“‘不说这事了吧。’他说。眼里、话语里都充满了悲哀。我一时无话可答。‘请别说了。’这回他像恳求似的说。我给了他一个残酷的回答，就像狼伺机咬住羊的喉管一样。

“‘别说了？又不是我先提起的，难道原来不是你先说的吗？但是如果你想不说了，不说了也行，不过只是嘴上不说可不行，如果你心里没有停下来的打算的话，你到底怎样贯彻你平生的主张？’

“我这样说的时候，感到个子高大的 K 在我面前萎萎缩缩地变得矮小起来。正如我常说的那样，K 是个性格非常刚强的人，另一方面又是个格外老实的人；在自己的矛盾心理遭到非难的情况下，他是决不能泰然处之的。我看到他的神色，这才安下心来。突然，他又问我：‘打算？’我还没来得及回答，他又添了一句：‘打算……打算倒也不是没有。’他仿佛是在自言自语，又像在说着呓语。

“两人就说到这里停下来，向小石川的住处方向走去。这一天比较风和日暖，但时值寒冬，公园里十分萧瑟。特别是当回头看到寒霜打过的脱去了绿装的杉树丛，伸出茶褐色的枝丫竖立在昏暗的天空中时，就感到有一股寒气从背上透了进去。我们急急忙忙地穿过夕阳下的本乡，爬上对面的土冈，便向小石川谷地走下去。我到这个时候，才感到了外套里面有暖意。

“是急忙赶路的缘故吧，回家的路上我们几乎没说一句话。回到住处，坐在餐桌旁时，太太问：‘怎么回来晚了？’我说：‘K 邀我到上野公园去了。’太太道：‘这么冷的天气还……’露出吃惊的样子。小姐想知道我们去上野干什么了，我只答了她一句：‘没什么事，不过散散步。’平时无言少语的 K，比以往更沉默。太太搭

K 太真实，太单纯，心地太善良了

话也好，小姐的笑声也好，他很少回答。他使劲往嘴里扒饭，我还没吃完，他就离席回到自己的房里去了。

四十三

“那时节还没有‘觉醒’呀，‘新生活’这些词。可是 K 之所以不能毅然地抛弃旧我，一心一意走向新的道路，并不是因为他缺乏现代人的决心，而是因为他有使他不能抛弃的珍贵的过去。也可以说他是为此才活到现在。因此，说 K 没一往直前地向他所爱慕的目标发起猛烈的进攻，决不能证明他的爱是不彻底的。不管燃烧起多么炽热的感情，他都不能肆意行动。只要没有一个能使他产生不瞻前顾后的冲动的机会，他无论如何也不能不停下来回首一下自己的过去。这样就势必沿着过去所指引的那条道继续走下去。而且他具备现代人所缺乏的刚毅和自制力。我觉得我在这两点上已经看透了他的心思。

“从上野回来的那天晚上，对我来说是一个比较安宁的夜晚。我随K走进他的房间，在桌旁坐下，故意和他天南海北地聊了一通，他显出困惑的神色。我的眼里可能闪出了几分胜利的光辉，在我的语气里的确流露出几分得意。我和K在同一个火盆上烤了一阵手，就回到自己的屋里。干起别的事情来我都不如他，只有这次我觉得他不足惧。

“不一会我就安稳地进入了梦乡，但突然又被叫我名字的声音惊醒。一看，槅扇被拉开有两尺左右，K的黑影站在那里，而且他的屋里跟傍晚时一样还点着灯。由于突然惊醒，我一时没能说出话来，睡眼惺忪地看着这一情景。

“那时K问：‘你已经睡了吗？’K平时都睡得很晚。我对着像个黑影似的K反问说：‘有什么事吗？’K道：‘没什么事，只是上厕所顺便来问问看你睡了没有。’K背对着油灯，我看不清楚他的脸色和眼神，但他的声音反而较平时冷静得多。

“一会儿K将拉开的槅扇关上了。我的屋子立刻回到了原来的黑暗中。我又闭上了眼睛做起比黑暗还安静的梦来，以后我就什么也不知道了。可是第二天，我想起昨晚的事，总觉得很奇怪。我想说不定那一切都在做梦吧。吃饭时，问起K，他说确实拉开槅扇叫过我的名字。我问：'干吗叫我？'他没明确回答。等到我问这个问题的兴趣没有了，他反倒问起我近来睡觉踏不踏实，我总觉得有点奇怪。

“那天正好上课的时间相同，不久两人一起出了门。我从清晨起就惦念着昨晚的事，在路上又追问起K来，但K仍没给我满意的回答。我又叮问他是不是打算跟我讲那件事，K坚决地否认了。那口气听上去像是在提醒我不要忘了昨天在上野已经说过不再提这事了。K在这一点上是个自尊心很强的人，我突然意识到这一点，同时一下子联想起他所说的'打算'。于是至今来放在心上的这两个字开始以一种奇妙的力量压在我的心上。

四十四

“我很了解K的果断的性格，也很清楚他只是在这种事上优柔寡断的原因。就是说我以为知道了一般的情况，也就完全掌握了例外的情况，因此十分得意。然而我反复回味着他说的‘打算’这个词，我的得意劲儿就渐渐地消退了，最后犹犹豫豫地动摇不定了。我想也许这种场合对他也不是例外。我开始怀疑，他大概将解决一切疑惑、烦闷、懊恼的最后手段藏在内心深处。用这种新的眼光重新审视‘打算’二字时，我蓦地惊住了。那时如果我带着这种惊讶，再公正地捉摸一遍他说出来的‘打算’的意思，也许就好了。可悲的是我太片面了。我只是把它解释为 K 要向小姐进攻的意思。我一味认定 K 的果断性格将充分发挥在恋爱方面，这就是他的‘打算’。

“我仿佛觉得一种声音震动着心灵，我也必须做最后的决断了！顿时应声振奋起行动的勇气。我决定必须抢在 K 的前头，而且背着 K 来进行。我默默地窥伺机会，可是两天过去了，三天过去了，我还是没有抓住机会。我想趁 K 不在家，小姐又外出的时候，跟太太谈判。但不是这位在家，就是那位在家妨碍，每天都是这样，总也没有一个好机会。我焦灼万分。

“一周过后，我终于忍耐不住而装起病来，太太、小姐、K 三番五次地催促我起来，我只是敷衍，到十点钟还蒙头睡觉。瞅着 K 和小姐都不在，家里静悄悄了的时候，我下了床。‘你哪儿不舒服？’太太看见我赶忙问，接着还劝我说，‘我把饭端到你床头去，你还是躺着休息好些。’我本来就没病，一点也不想睡，洗了脸跟往常一样在饭厅里吃饭。当时太太是坐在长火盆的对面给我盛饭的，这顿饭说早饭不像早饭、说午饭不是午饭。我手里端着饭碗，心里光考虑怎样提出这个问题，所以外表上看去挺像是一个心绪不佳的病人似的。

“我吃完饭开始抽烟。因为我没起身，太太也不好离开火盆，就招呼女用人将食案撤下去，然后给水壶灌灌水，揩拭揩拭火盆边，顺着我的心陪着我。我问太太是不是有什么要紧的事，太太说没有。接着她反问我为什么问这个，我说有点事想跟她谈谈。太太望着我的脸问什么事。她好像一点也不理解我的心情似的，说话时若无其事，我有点说不下去了。

“话已说到这儿，没法子我只好绕了个大弯子，最后试着问太太：‘K 近来说了些什么？’太太好像一点思想准备也没有，反问我：‘说什么？’没等我答

话，她又追问一句：‘同你说了什么吗？’

四十五

“我无意将从 K 那里听来的他的心里话转告太太，连忙说：‘没有。’但马上又对自己说谎话感到很不舒服。我不得已又说我没有受过什么托付，我要说的不是关于 K 的事。太太说：‘是吗？’静等着我的下文。无论如何我不得不说了，我突然说：‘太太，把小姐嫁给我吧！’太太并没像我预料的那样，显出吃惊的样子。可是半晌没说话，像是难以回答的样子，默默地凝视着我。一旦话已出口，我也不管她怎么注视我，都不在意了，又说：‘求你了，请一定给我吧。’还说：‘把她给我做妻子吧！’太太毕竟是上了岁数的，比我冷静多了。‘给你当然可以，不过不是太突然了吗？’我赶忙说：‘我就是突然想要娶她。’太太笑了起来，叮问道：‘你是认真考虑了以后提出来的吗？’我强调说明，虽然提出来很突然，但这个想法并不突然。

“以后还问了我两三个问题，我记不清了。太太不同于一般的女人，有男人一样的办事爽快的脾气，在这种场合谈话能谈得很投机。‘行啊，许给你。’她说。一会儿又改口说：‘说许给你不敢当了，我们家可没资格说那样的大话。请你娶她吧，你知道她是个没爹的怪可怜的孩子。’太太反倒求起我来。

“三言两语就把事情说定了，从开始到结束恐怕不到十五分钟。太太没提出任何条件，说是也没有和亲戚商量的必要，以后打个招呼就行了。还肯定地说无须征求小姐本人的意见。在这一点上，读过书的我反而像是很拘泥于形式。我提醒太太，亲戚不拘怎样都行，应该预先告诉小姐，得到她的同意才好。太太道：‘没问题，她本人不同意，我是不会把她嫁给你的。’

“我回到自己屋里，想着事情就这么轻而易举地办妥了，心里反而觉得不自在起来。果真没问题吗？我脑子里甚至产生了这样的疑问。不过总的来说，我将来的命运已经这样定下来了，这样一种观念使我的一切都改变了。

“中午我又走到饭厅，问太太打算何时将早晨的话告诉小姐。太太说只要她自己答应了，什么时候告诉小姐都无妨。由此看来，太太比我还更有男子气概，所以我准备退回来。但太太将我叫住说：‘你如果希望早点的话，今天也行，等她练完琴回来立刻跟她讲。’我回答说那样最好，又回到了自己的屋里。但是一想到我将默默地坐在桌边，从远处听她母女二人说悄悄话，心里又觉得忐忑不安起来。我终于戴上帽子出了大门，走着走着在坡下与小姐不期而遇。一无所知的小姐见了我好像非常惊讶。我摘下帽子说了声：‘你回来了吗？’她很奇怪地问我病是不是好了。我连忙说：‘哎，好了，已经好了。’不停步地向水道桥方向转了过去。

四十六

“我从猿乐町到了神保町，拐向小川町方面。以往我来这一带都是为了逛旧书店。可是这一天，我根本不想去望那些破旧的书。我踱着步不住地想着住户家的事，我回忆起刚才太太的神色，又想象着小姐回去后的情形。我好像由于这二者的缘故，不得不走着。而且我还不时不由自主地突然站在大街的正中不动，想着太太这时正跟小姐讲那件事吧，又想谈话也许结束了吧。

“我终于踱过万世桥，上了明神的坡道，来到本乡，然后又下菊坂，最后到了小石川的低谷。我走的距离横跨三区，也可以说是画了一个不规则的圆形吧。我在这长时间的散步中，几乎没想到K。现在回顾一下也不清楚是什么原因，只觉得不可思议。如果说是我的心紧张得一时竟忘记了K，也不妨这么看，因为我的良心是不容许这样的。

“我对K恢复了良心，是在我打开格子门，从大门走向房间的时候，也就是我同平时一样通过他房间的那一瞬间。他依然对着桌子坐着在看书，他和平时一样把目光从书上移开看着我，不过没像往日那样说‘你回来了’，而是问我：‘你的病好了吗？是去看医生去了吗？’一刹那间，我真想跪在他面前，求他饶恕。当时我受到的冲击委实不轻，如果只有K和我两人站在旷野里，我一定会受到良心的谴责当场向他请罪。但是里面还有人，我的良心的发现立刻受到了阻拦，而可悲的是永远没有再恢复。

“晚饭时，K 和我又见面了，一无所知的 K 沉默无语，眼睛里没有流露出一点对我的怀疑。不知底细的太太比任何时候都显得高兴。只有我知道一切，像是吞铅似的咽着饭。小姐没像往日一样和大家同桌进餐，太太一催促，隔壁屋里只应声：‘哎，就来啦！’K 很觉奇怪，终于问：‘小姐怎么啦？’‘大概是不好意思吧。’太太说着瞟了我一眼。K 仍然不明白，追问：‘为什么不好意思呢？’太太微微笑笑又瞧了瞧我。

“我一到餐桌边坐下，从太太的神色就已经大致猜到了事情的结果。可是如果太太为了给 K 一个说明而当着我的面把一切都说出来，我可受不了了，而太太又是可以做到这点的，所以我提心吊胆，坐立不安。幸好 K 又恢复了原来的沉默。比平时情绪要好的太太也终于没有把话说到使我担心的程度。我总算松了一口气，回到自己房间。可是我不得不考虑，今后对 K 应该采取怎样的态度？我在心里给自己作了各种辩护，但没有一种辩护足以在 K 的面前站得住脚，胆怯的我终于不愿自己去向 K 做解释了。

四十七

“就这样过了两三天。不用说这几天里都有一种对 K 的不安沉重地压在我的心头。没有这回事我都觉得对不住他了，何况太太的神情、小姐的态度都像在狠狠地戳着我，使我愈加难受。有些男子气概的太太，说不定什么时候就会在餐桌边露了底。从那以后小姐对我的一些特别显眼的举动，也难说不会成为笼罩在 K 心上的疑云。我已处在无论如何得设法告诉 K 我和这个家庭建立了新关系的处境中了。但是我很清楚自己在道德上有弱点，所以感到这事非常难办。

“我无可奈何，考虑是否求太太再跟 K 说说，当然是趁我不在的时候。但是如果被太太将事情的原原本本告诉 K，只不过有直接和间接的区别，我的面子都一样是丢尽了的。如果要太太做好一些话去说，太太肯定会追问原因。如果把一切都坦白地告诉太太，再求她帮忙，我就必须将自己的弱点在自己所爱的人和她的母亲面前暴露无遗。一本正经的我，光想到了未来的信任。结婚以前就失去恋人的信任，哪怕是一分一厘我也认为是无法忍受的不幸。

“总而言之我是一个打算走正路，但不慎失足了的蠢人，或是个狡猾的人。而目前知道这一点的，只有上天和我的心。但是如果想重新来过，再往前走一步的话，以前的失足必将被周围的人们知道。我现在正陷入这样的困境，我想永远隐瞒失足的事，同时又非要往前走不可。我夹在这中间进退维谷了。

“过了五六天，太太突然问我跟 K 说过那件事没有，我说还没有。‘为什么不说？’太太责问我。一下子我给问住了。太太当时那令我吃惊的话，我至今难忘。

“‘难怪我跟 K 一说，他一副奇怪的样子啰，你也不对嘛，平时那么亲密的朋友，还瞒着不告诉他。’

“我问太太 K 当时说了什么没有。她说：‘也没说什么。’我忍不住追问起细小的情节，太太当然也不隐瞒我，虽说‘没什么了不起的事’，还是将 K 的情形一一讲给我听。

“综合太太的话，大致情形是这样的：K 似乎尽可能压住震惊接受了这最后的打击。对小姐和我之间建立的新关系，最初只说了句：‘是吗？’当太太说：‘你也为他们高兴吧？’他才望着太太露出微笑说：‘恭喜您了！’说着就站起身来。在拉开槅扇前又扭过头来问：‘什么时候结婚？’又说：‘我想送点什么贺礼，不过我没钱，送不起。’我坐在太太面前，听着这些话，胸口像被堵死了似的感到难受。

四十八

“算起来太太跟 K 讲过以后又过了两天，这期间 K 对我的态度与以前没有什么两样，所以我也完全没在意。他的超然态度尽管只表现在外表，我觉得还是值得我敬佩。在脑子里比较一下我们两人，看来他远比我高尚。我即使靠计谋胜了，但在为人上面是输了，这一感觉像旋风一样在我胸中翻腾起来。我想那时 K 对我一定很轻蔑，我竟自羞红了脸。但事到如今，我再到 K 面前去露丑，对于我的自尊心是个极大的伤害。

“我考虑着是找 K 谈一谈还是不谈算了，最后还是决定等到明天再说，这是星期六晚上的事情。但就在那个晚上，K 自杀了。至今我想起当时的情景都不寒而栗。我一向是朝东睡的，只在那个夜晚，我突然朝西睡了，这也许是什么因缘巧合吧。夜里枕边一阵寒风使我从梦中惊醒，睁眼一看，一向总是关闭着的 K 和我的房间中的槅扇拉开一条缝，就像那个晚上一样，不过 K 的黑影没有站在那里。我仿佛受到什么暗示，在床上撑起身子，使劲向 K 的屋里探望。煤油灯闪着幽光，床也铺得好好的，可被子像是被蹬开了似的堆在角上，K 脸朝那面倒伏在上面。

“‘喂。’我嚷了一声，可是没有回答。

“‘喂，你怎么啦？’我又叫了一声 K，但 K 的身体纹丝不动。我急忙起来，走到门槛旁边借着昏暗的煤油灯光环视着 K 的房间。

“当时我的第一个感觉同突然听到 K 的恋爱表白时的心情大体相同。我的目光一落到他的身上，简直就像玻璃做的假眼球似的呆住不动了。我呆若木鸡，十分惊恐。在一阵旋风过去之后，我意识到又糟了。一片已经不可挽回的乌云，罩住了我的未来，一瞬间令人恐怖地笼住了我前面的整个一生，我不禁嗦嗦直抖。

“尽管如此，我还是没有忘记我自己。我马上看到了桌子上的一封信，信封上如我所料写着我的名字。我不顾一切地撕开信封，但上面并没写一点我估计他会写的事。我原以为信中会连篇累牍地写着刻薄辛辣的话语，而且担心这种信如果让太太和小姐看见了，她们将何等蔑视我啊。我把信浏览了一遍，顿时心里一块石头落了地。（当然光是面子上能过得去，但是这个面子在这种场合对我来说是事关重大的。）

“信的内容很简单，而且可以说非常抽象。只说：‘自己意志薄弱，到底对前途丧失了信心，只好自杀了。’接着在后面附了一句极简单的话，对我过去对他的关照表示感谢，同时还将他的后事委托给我。他说给太太添了麻烦，真对不起，要我代致歉意，并求我将他的死讯通知他家里。必要的事情一一简单地做了交待，上面唯独只字未提小姐的名。我读到最后，马上领会到 K 是在故意回避。不过最使我痛心的好像是最后添上去的一句话，意思是早就应该死去，为什么还活到现在呢？

“我用颤抖的手，把信折好，重新装进信封。为了引人注目，我特意照原来的样子放在桌子上。回转身，这才看到溅在槅扇上的血迹。

四十九

“我突然用两手像抱住一般托起 K 的头，我想看一眼他的遗容。但当我从下面看他那俯伏着的脸时，立刻放下了手。我不仅感到毛骨悚然，同时感到他的头特别重。我又从上面看了看刚才触到过的 K 那冰冷的耳朵和他那与往常一样留着平头的浓发。竟一点也没想哭，只是恐惧极了。而且这种恐怖不只是由于眼前的情景刺激神经而引起的单纯的恐惧，我忽然深深感到了这位已经变得冰凉的朋友所暗示出来的我未来命运的可怕。

“我神情恍惚地回到自己屋里，开始在八铺席的房内踱起步来。我内心命令自己即便没意思也这么踱下去。我考虑总得想个办法，同时又想到已经毫无办法了。只好在屋子里急得团团转，就像被囚在笼中的熊似的。

“我几次想进里屋把太太叫起来，不过一想让女人看到这种恐怖情景，不太妥当，这种心情阻止了我。太太还罢了，万不能使小姐受惊，这种强烈的意识压迫着我，使我重新又在屋里踱起步来。

“我这时点燃了自己房间的油灯，时时看看表，再没有比这个时候时间过得更慢的了。我起来的时间虽然说不很准确，不过明显地已是快到天明的时候了。我来回踱着步、焦急地等待着天亮，心烦意乱地觉得这夜晚似乎永远不会结束一般。

“我们的习惯是七点钟以前起床，因为学校大多是八点钟开始上课，不早些起来就会赶不上。因此女用人一般是在六点左右起床。可是这天我去叫女用人时六点还不到。太太被我的脚步声惊醒了，我求太太醒了的话就到我屋里来一下。太太在睡衣上披件平时穿的外衣，就随我走出来。一走进房间，我马上把一直打开的门关上，小声告诉太太发生了意外的事情。太太惊问：‘出什么事啦？’我用下巴指指隔壁屋子说道：‘请千万别惊慌。’太太脸都发白了。我接着说：

‘太太，K 自杀了。’太太像是蜷缩在那里似的看着我，沉默不语。‘请原谅，是我不好，我对不起您和小姐。’我突然一下跪在太太面前，低着头向她道歉。我在见到太太以前根本就没想说这样的话，但一见到太太就不由自主地脱口而出了。你可以这么想：我无法向 K 赔罪，就不由得向太太、小姐赔罪了。也就是说，原来的我从泯灭了的自我中挣脱出来，道出了忏悔的话。太太并没有把我的话理解得那么深，这对我来说真是万幸。‘唉，碰到意外的事情也没什么办法。’太太脸色苍白像安慰我一般说。但她脸上由于吃惊和恐惧，像被刀刻了似的，肌肉抽搐得紧紧的。

五十

“我虽然可怜太太，但还是站起身打开刚关上的槅扇。这时 K 的油灯看来已耗尽了油，屋里一片黑暗。我返回来将自己的油灯端在手里，立在门口回头看太太。太太像躲在我身后一般朝四铺席的屋子里窥

“是我不好，我对不起您和小姐……”

视，却没打算进去。对我说：‘不要去动那里，先把木板窗打开。’

“到底不愧是军人的遗孀，太太的态度很精明果断。我去找了医生，又去叫了警察，一切都是照太太的吩咐做的。在太太办妥一切手续之前，谁也没跨入K的屋里一步。

“K是用小刀切断颈动脉当时就咽了气，其他地方没有伤痕。昨夜我借着梦幻般幽暗的灯光看到的槅扇上的血，是从他的颈脖上迸溅出来的。在大白天明亮的阳光照射下，我再次看了那些血，不禁为人的鲜血冲劲之大感到吃惊。

“太太和我竭尽全力打扫K的房间，幸亏K的血大都被他的被子吸收了，铺席并没怎么弄脏，所以事后的清理工作还算不太费事。两人将K的遗体搬到我的房间，让他像往常睡觉一般躺着，接着我去给他老家发电报。

“我回来时，K的身边已上了香，走进屋一股线香味扑鼻而来。透过薄薄的烟雾，我看清两个女人坐在那里。从昨晚到现在，我还才看到小姐。小姐在哭，太太的眼圈也红了。事情发生以来，我甚至忘记了哭泣，这时终于受到了屋里那悲痛气氛的影响。我的心由于这一阵痛哭不知轻松了多少。对于我那被痛苦、恐惧揪得紧紧的心胸，这时的悲伤像是滴了一滴滋润的甘雨。

“我默默地坐在两人旁边。太太要我也上了香，我上了一炷香重又沉默地坐下来。小姐没同我说一句话，偶尔和太太说一两句话也是关于眼下的一些事情。对于小姐来说还无心去谈 K 生前的事。然而我心里暗想，幸亏没让小姐看到昨晚那种恐怖的情景。我害怕她这个年轻美丽的女子看到这可怖的情景，她的美貌也会因此遭到损害。即使在恐惧使我毛骨悚然的时候，我也不能把这个担心置之度外而贸然行动。否则对我来说，那将包含一种痛苦，就像一朵美丽纯洁的花朵受到残酷的蹂躏一般。

“K 的父亲、哥哥从他故乡赶来，我就 K 的遗骨埋在何处提出了自己的意见。K 生前，我和他经常一起在杂司谷附近散步，K 挺中意这块地方，我记得我曾半开玩笑地跟他约定：既然你这么喜欢这里，死了以后就把你葬在这里吧。我觉得按照我们的约定，将 K 安葬于此，这是极大的功德。但是我的本意是想在我的有生之年能每月跪在 K 的墓前，重述我的忏悔。

小姐在哭，太太眼圈也红了

K 的父兄也许是觉得我一直关怀了他们没有照顾好的 K，在情理上也应如此吧，他们听从了我的话。

五十一

“给 K 送葬归来途中，我受到一位朋友的盘问：‘K 为什么要自杀？’事情发生以来我已经几度遭到这种质问，苦恼极了。太太、小姐、故乡来的 K 的父兄，接到通知的熟人，就连与 K 毫无关系的新闻记者都没有一个不这样问的。我的心在这种时候总像被针扎了似的痛。从这些质问里，我仿佛听到一种声音：‘赶快坦白你就是凶手。’

“我对谁都一样回答，只是重复 K 留给我的信，别的一句也不加。葬礼途中得到同样回答的那位朋友从怀里掏出一张报纸让我看，我一边走一边读着朋友指给我看的地方。上面写着 K 是由于父亲、兄弟和他断绝关系，产生了厌世的念头，所以自杀的。我什么也没说，折好报纸交回朋友的手中。朋友还告诉我，有的报纸上还有说 K 是由于精神不正常自杀的。因为忙，我几乎没有时间读报，完全不了解那方面的情况，可心里始终在惦记着这件事。我最担心的是有给住户家的人惹麻烦的报道，哪怕只被提到名，如果牵扯到小姐那就难堪了。我问那位朋友别的还有什么说法，他说他所看到的只有这两种。

“我搬到现在住的这个地方，是在那以后不久。太太和小姐都不愿再住在原来的地方，而且我也为每晚都想起那天晚上的事而痛苦，于是在经过商量之后决定搬家。

“搬家两个月以后，我顺利地从大学毕业了。毕业不到半年，我终于和小姐结婚了。从外表上看，一切都如愿以偿，应该说是值得庆贺的了。太太、小姐看来都很幸福，我也是幸福的。但是我的幸福里总伴随着一个黑影，我想这幸福是否就是最后给我带来悲惨命运的导火线呢?

“结婚的时候，小姐——已经不是小姐，应该称妻子了——妻子不知想起了什么，提出两人去给 K 上坟。我没来由地心里扑通一跳，问她怎么突然想起了这桩事？妻子说，两人一块去上坟，K 必定会高兴。

我紧紧地盯着一无所知的妻子的脸，妻子问我：‘你为什么这个神色？’我这才惊醒过来。

“按照妻子的愿望，我们一起来到杂司谷。我给 K 的新墓浇上水冲洗一番，妻子在墓前插上香和花束。两人低下头，合掌默哀。妻子一定是将我俩结合的前前后后讲给 K 听，让他也高兴吧，我的内心里却只是在重复着：‘我对不起你。’

“妻子摸摸 K 的墓，评价说真漂亮。其实那墓并没有什么特别的地方，也许是我自己去石匠铺选购的缘故，妻子才特意想那么说。我内心将这新墓、新娶的妻子、埋在地下的 K 的白骨暗自做着对比，不能不深感到命运的冷嘲。我决定以后再不带妻子一起给 K 上坟了。

五十二

“我对亡友的这种感情一直没有改变，实际上，我从一开始就担心着这点。多年来渴望的结婚，也可以说是在不安的气氛中举行仪式的。但是我也想过，由于自己看不到自己的前程，说不定这就是使我的心情为之一转而进入新生活的开端。可是一旦真的作为丈夫朝夕与妻子相处，我那虚幻的希望就被严酷的现实轻易地破坏了。和妻子相处时，我感到了K的威胁。也就是说，如同妻子站立在中间，把K和我紧紧地联系在一起，挣脱不开。我对妻子各方面都满意，唯独在这点上想极力疏远她。这一举动，她立即就感觉到了；虽然觉察到了，但不知道原因。我经常受到妻子的盘问，问我为什么老是那么沉思，问我是不是有什么不如意的事。能笑一笑对付过去的时候倒还好办，但有时妻子动起肝火来，我就不得不听她的怨言了：'你也许讨厌我吧？''一定有什么事瞒着我。'我听了这些话内心十分痛苦。

“好几次我想索性全部兜出来跟妻子讲明白，可一到关键时刻，一种外在的力量又突然压住了我。你很了解我，其实用不着再说明，但为了把来龙去脉说清楚，我还得在此说一说。那时我对妻子完全不想掩饰自己，假如我用对待亡友的那种善良的心肠，在妻子面前忏悔自己的过去，她一定会噙着悲喜的泪花宽

一到关键时刻，一种外在力量又突然压住了我

恕我的罪恶的。我不敢这么做，不是有什么自私的想法，我只是不忍心在妻子的记忆里留下一个阴影才没向她表明。你要知道，在洁白无瑕的妻子身上毫不留情地洒下一滴污水，对我来说是万分痛苦的。

“一年过去了，我仍没有忘却K，心里时常怅忡不安。为了驱赶这种不安，我拼命沉溺于书堆之中，以一种猛烈的气势开始了学习。而且我期待着我的研究成果公之于世的那一天的到来。但是勉强地设置一个目标，无谓地等待着达到目的的那一天的到来，这都是不现实的，为此我心里很不痛快，我无论如何再也没心思埋头学习了，又袖手静观起人世来。

“妻子以为我是生活无愁了，所以心里也就放松努力了。妻子家里的财产足够维持她们母女二人的生活，而且我的景况也是不用找工作就能过得去。因此她这么想也很自然，我多少也有些被惯坏了，但我不愿工作的主要原因还不在此。受到叔父欺骗的当时，我确实痛切地感到了他人的不可信赖，但正因为把别人往坏处想，所以觉得自己还是很靠得住的。自己还抱有这样的信念，认为不管社会是个什么样子，自己可是一个顶天立地的人。当我意识到这种信念已被K

完全地摧毁，自己也跟叔父是同样的人时，心里突然动摇起来。厌恶他人的我，也嫌恶起自己来，我终于无法动弹了。

五十三

“无法埋头于书堆里的我，有一段时间，曾试图把灵魂浸泡在烈酒里，忘却自己。我还说不上爱喝酒，不过要喝也能喝上几杯，所以我只是想借助酒量来灌醉自己的心。这种庸俗的方便手段不多久就使我更加厌世了。我在烂醉如泥之中，忽然发现了我所处的地位，我发现自己是一个故意这样哄骗自己的蠢人，于是马上就身心俱醒了。有时即便狂饮也无法进入这种突然出现的精神境界而一味地沉沦下去。而且用借酒浇愁的办法得到一时欢快以后，反过来必定会更加抑郁，我在自己最心爱的妻子和她母亲面前也不时表露出来。不过她们都从自己的角度来解释我的行为。

“岳母似乎不时跟妻子讲些不好听的话，妻子都瞒着没告诉我。可她总还是觉得不独自责备我几句是不行的。说是责备，绝不是很严厉的话，因为我不管妻子说我什么，几乎从未激怒过。妻子屡次求我：‘有什么不如意的地方请不客气地告诉我。’并劝我为了自己的未来把酒戒了。有时哭着说：‘你近来变啦！’光说说这些还罢了，有时她还说：‘如果K还活着的话，你也不会变成这副样子了。’我就回答：‘也许是那样。’我的意思和妻子理解的意思是完全不同的，因此我十分悲伤。但即使如此我也一点都不愿意向妻子做解释。

“我常常向妻子赔不是，那大多是在喝醉了酒回家迟了的第二天早晨。妻子有时笑了，有时默不作声，有时扑簌簌掉泪。不论是哪种情形我都满心烦恼，所以我向妻子赔罪就同向自己认错一样。我终于戒酒了，与其说是妻子的劝告生效，不如说是自己厌恶了才戒掉更为恰当。

“虽然戒了酒，我仍无心做事。没有办法就又看书，但读着读着又抛到了一边。妻子常问我：‘你究竟为什么学习？’我只有苦笑。但心里一想到就连这世上我最爱恋、信赖的唯一亲人都不理解自己，顿时悲痛万分。一想到我虽然有办法让她理解，却拿不出这种勇气，就越发悲伤了。我很寂寞，常常觉得就像是独自一人生活在一个与世隔绝的地方一样。

“同时我反复地考虑着 K 的死因。也许我当时满脑子都被一个‘恋’字支配着，我的观察可以说是简单而直观的，当时我立刻断定 K 正是由于失恋而自杀的。可是慢慢静下心来重新想想，就觉得好像并不那么简单。说是现实和理想的冲突——这样说也还不充分，我终于怀疑 K 是否也跟我一样是孤零零地感到寂寞而突然作出决定的？这么一想不禁打了个寒战。因为自己也将沿着 K 走过的道路，和他一样走下去的预感，开始像寒风一般不时掠过我的心头。

五十四

“这时岳母病倒了，请医生检查后诊断说已无法治愈了。我竭尽全力温存地看护病人。这既是为了病人本身，也是为了我的爱妻，从更深刻的意义上讲，是为了人。这以前我总想干点什么，但什么也干不了，只好袖手旁观。与世隔绝的我，只有在这个时候才觉得是主动伸出手去做了点哪怕是微不足道的好事。我是被一种可以说是赎罪的心情支配着。

“岳母死了，只剩下我和妻子两人了。妻子对我说，今后这世上只有一个可以信赖的人了。连自己都不能信赖自己的我，看着妻子的脸不由得泪湿眼眶，心想妻子真是个不幸的女人。这想法后来我还说出来了，妻子问我为什么。她不明白我的意思，我也不能向她说明。妻子哭了，我平时总用乖僻的眼光看她，所以才说出这种话来。

“岳母死后，我尽量对妻子温存体贴，这不光是出于对她的爱。抛开个人不论，我的温情后面还有更广阔的背景。就同照顾岳母时的意义一样，我的心活动了。妻子显得很满意，但在满意的神色里，总像是包含着一种因为不能理解我而产生的茫然。但是就算妻子理解了我，这种不足之感既不会增加也不会减少。因为对于女人来说，来自庄严的人道主义立场的爱情，倒不如即便多少背离情理、只要能倾注于自己一身的温情更能使她们高兴，这种心理似乎女人比男人更强。

“有时妻子说，男人的心和女人的心难道无论如何也不能融为一体吗？我只给了她一个含糊的回答，说在年轻的时候大概有可能。妻子似乎在回顾自己的过去，发出轻微的叹息。

“从那时起，我的心里就时时闪过一个可怖的阴影，开始是偶然由外部袭来的，我惊愕了，我寒栗了。但是，时间一长我的内心就对这可怕的影子有反应了。最后就好像即使没有外面来的，自己的心里生来就已潜伏着这种恐怖的阴影一样。每当我产生这种心情，就怀疑自己的脑子是否出了毛病，可我不想找医生或任何人诊治。

“我只是有一种很深的负罪感。这种意识驱使我每月前往 K 的墓地，这种意识使我细心地照顾岳母，这种意识还命令我体贴妻子。有时这种意识甚至使我想让陌生的过路人鞭打我一顿。渐渐地又产生了不但要别人鞭打，应该自己鞭打自己的想法，产生了不但要自己鞭打自己，还应该自己杀死自己的念头。我无路可走，只好决心抱着已死的心情活下去。

“我从下了决心到现在已经好几年过去了。我和妻子仍和过去一样和睦地生活，我和妻子绝不是不幸的，我们非常幸福。但是我所具有的这一点，对我来说是很不容易的一点，在妻子看来常常好像是黑暗的。每当我这么想，就对妻子产生了一种怜悯感。

五十五

“决心抱着已死的心情活下去的我，内心常常由于外界的刺激活跃起来。可是每当我想要朝某个方向冲过去时，一种不知从哪里来的可怕的力量死死地扼住我的心，使我一点也不能动弹。那力量仿佛在说，你干什么都没有资格。这句话使我立刻颓唐下去。不久我重新想站起来，但又被紧紧地按住了。我咬紧牙关心里大声嚷道：你这魔鬼为什么要妨碍人！那不可思议的力量似乎在冷笑着说：你自己心里明白。于是我又沮丧了。

“你要知道，在没有波澜曲折的单调环境中生活下来的我，精神上常常就是这样痛苦地斗争着的。在妻子见了着急之前，我自己就不知已经是多么烦恼了。当我在这牢笼里再也待不下去的时候，当我怎么也冲不破这牢笼的时候，我终于感到，对我来说，最容易办到的，就只有自杀了。你也许会睁大眼睛惊讶地问那是为什么，但是始终扼住我的心的那股不可思议的可怖力量在一切方面阻止我活动，唯独向我敞开一条通往死亡的道路。如果不动就罢了。只要稍稍想动一动，我就只能走那条路。

“到目前为止，我已经有两三次想要走命运指引的坦途了，但总是挂念妻子。我当然没有把妻子带去的勇气，我甚至没有向妻子吐露出一切真相的勇气。如果要把她作为我命运的牺牲品来剥夺她的阳寿，这种残暴的行为我连想想都感到害怕，就像我有我的宿命一样，妻子有她自己的命运。非要把两人捆在一起投入火中，即使从情理来看，我也只能认为是极其惨痛的。

“同时，想象一下我死后妻子的情形，实在是怪可怜的。岳母死的时候，妻子倾吐过哀曲：‘今后这世上只有一个可以信赖的人了。’这句话已铭刻在我的心里。我犹豫不决，有时看到妻子的脸，也想过还是算了吧，于是又停住不动了。妻子不时地用不满意的目光望着我。

“请记住，我就是这样生活过来的。初次和你在镰仓见面时也好，同你一起在郊外散步也好，我的心情都没多大的变化，我的身后总是跟随着一个黑影。我像是为了妻子拖着这条命活在世上。你毕业后回故乡时也一样。我同你约定好九月份再相会，这并不是说谎，那时我完全是想跟你再见面的。秋去冬来，即使冬天过去，我也打算和你见面的。

“但是在酷热的盛夏，明治天皇驾崩了。那时我感到明治精神随天皇而始也随天皇而终了。我深深感到，受明治精神强烈影响的我们，留在人世间毕竟是落后于时代的。我直率地跟妻子说了，妻子笑笑没有理会，可是不知她怎么想的，突然跟我开玩笑说：‘那么你可以殉死呀。’

五十六

“我几乎忘却了‘殉死’这个词语，因为平时没有使用的必要，它已沉入记忆的深处快要腐朽了。听到妻子的玩笑想起来的时候，我对妻子说，如果自己要殉死的话，就打算为明治精神而死。当然我的回答也只不过是玩笑而已，但那时我总觉得给这古老、陈旧的词语赋予了新的意义。

“大约一个月后，天皇大葬的夜晚，我仍如往常一样坐在书房，听着号炮声。我听起来，这炮声仿佛是宣告明治一去不复返了的信号。后来一想，那也是乃木大将永远逝去的讣告。我拿着号外不禁朝妻子嚷道：‘殉死了！殉死了！’

“我从报纸上看到了乃木大将临死前写的遗书。其中说到自从在西南战争中被敌人夺去了军旗，他心感内疚总想着去死，不知不觉竟一直活到了今天。看到这句话，我不禁屈指计算起乃木立下死的决心后活到现在的时间。西南战争是明治十年，到现在明治四十五年相隔三十五年。在三十五年中，乃木大将似乎总想着去死，等待着死的机会。我不禁想，对于这样的人来说，是活在世上的三十五年痛苦呢，还是举刀剖腹的那一刹那痛苦呢？

“又过了两三天，我终于下定了自杀的决心，如同我不很清楚乃木死去的理由一样，也许你也弄不透我自杀的原因。假如是这样，那是由于时代的变迁造成人们的差异，这也没有办法。或许说是各人天生的性格不同更加确切。为了让你了解我这么个不可思议的人，我竭尽全力作了以上的叙述。

“我将妻子留下去了。即便我不在了，妻子的衣食住行也不用担心，这一点是值得庆幸的。我不想给妻子带来残酷的恐怖，不打算让她看到血，打算趁妻子不知不觉的时候悄然地离开这个世界。我想让妻子在我死后以为我是暴亡，或者认为我是精神失常，我也心满意足了。

“下定死的决心以后，已经十多天了。请记住，这大部分时间是用来给你写下这篇冗长的自传。最初想跟你见面谈谈，可提笔一写，反而觉得这样能更清楚地描写出自己的过去，心里很觉欣慰。我并不是想入非非地随意乱写的。将产生了我这个人的我那过去的经历，作为人生经验的一部分说出来，这只有我才能办到。所以我将它毫无隐瞒地写下来。我想我的这番努力在了解人生这一点上，不管是对于你还是对于别的人都不会是徒劳无益的。不久前我听说渡边华山[①]为了画《邯郸梦里图》，把死期推迟了一星期。在别人看来也许会认为是多余的事，但是对本人来说，他心里有他自己的要求，所以可以说是不得已。我的努力也不单单是为了同你践约，大半也是我自身要求的结果。

“现在我实现了这一要求，已经没什么事可做了。当这封信落到你手上的时候，也许我已经不在人世，早已死了。妻子十多天前去了市谷的婶母家；因为婶母生病，家里人手不足，我劝她去了。妻子不在家的时候我就将这封信写完了一大半，有时妻子回来，我就赶快把它藏起来。

“我打算将自己的过去，不管是善还是恶，都讲出来提供给别人参考。但请你注意，唯独对妻子是例外。我什么都不愿意让妻子知道，我想让妻子对于我的过去尽可能保存一种纯洁的印象，这是我唯一的希望。所以即使在我死后，只要妻子还活在世上，请你将我向你公开了的秘密全部埋藏在心里。”

---

① 渡边华山（1793—1841），江户末期的西学家、中国南画家，曾从洋学的立场批评幕府的保守政策，因而获罪自杀。

请记下你与日子的美好相遇

请记下你与日子的美好相遇

请记下你与日子的美好相遇

请记下你与日子的美好相遇

请记下你与日子的美好相遇

请记下你与日子的美好相遇

请记下你与日子的美好相遇

请记下你与日子的美好相遇

请记下你与日子的美好相遇

请记下你与日子的美好相遇

请记下你与日子的美好相遇

请记下你与日子的美好相遇

请记下你与日子的美好相遇

请记下你与日子的美好相遇